龍の伽羅、Dr.の蓮華

樹生かなめ

white heart

講談社X文庫

目次

橘高正宗
【きったか まさむね】
清和の養父。
眞鍋組顧問。
祐
【たすく】
眞鍋組の参謀。
安部の息子のような存在。
安部信一郎
【あべ しんいちろう】
正宗の右腕であり舎弟頭。
眞鍋組組員の信望が厚い。
橘高典子
【きったか のりこ】
清和の養母。
リキ
清和の右腕。
眞鍋の虎と呼ばれる。
橘高清和
【きったか せいわ】
眞鍋組二代目組長。
氷川の恋人。
氷川
氷川諒一
【ひかわ りょういち】
清和の恋人。
明和病院に勤める
美貌の内科医。
人物紹介

京介
【きょうすけ】
ホストクラブ・ジュリアスの人気ホスト。ショウの幼馴染み。
サメ
眞鍋組の諜報部隊トップ。
卓
【すぐる】
清和の舎弟。
箱根の旧家出身。
吾郎
【ごろう】
清和の舎弟。
ショウ
清和の舎弟。
眞鍋組の特攻隊長。
宇治
【うじ】
清和の舎弟。
信司
【しんじ】
清和の舎弟。
摩訶不思議の信司と呼ばれる。

イラストレーション／奈良千春《ならちはる》

龍《りゅう》の伽羅《きゃら》、Dr.《ドクター》の蓮華《れんげ》

1

寒い。

冬だ。

お花見をしていないのに冬になったのか？

そんなはずはない。ゴージャスな監禁部屋に閉じ込められているうちに桜は散ってしまったが、今は目にも眩《まぶ》しい新緑の季節だ。

……のはずだが、氷川諒一《ひかわりょういち》が勤務する明和《めいわ》病院は凍りついている。雪なんてものではないし、吹雪《ふぶき》なんてものでもない。雪崩《なだれ》に遭遇した。

いや、冬将軍の降臨だ。

氷川だけでなく看護師の鈴木《すずき》として明和病院に潜入している麻薬取締官《まやくとりしまりかん》の松原兼世《まつばらけんせい》も、氷の兵隊と化している。

冬将軍ことロシアン・マフィアのイジオットの次期ボス最有力候補が、なんの前触れもなく、長閑《のどか》な明和病院に現れたのだから。

彼の名はウラジーミル。

「姐《あね》さん？」

金髪の美青年に声をかけられても、氷川は反応できなかった。何しろ、ウラジーミルは単なる金髪の美青年ではない。その気になれば、難なく東京の闇《やみ》勢力を制圧することができるだろう。イジオットに比べたら日本の暴力団は可愛《かわい》いものだ。

「姐さん？　姐さんは桐嶋《きりしま》の姐さんで、藤堂《とうどう》の姐さんだな？　眞鍋《まなべ》の橘高清和《きったかせいわ》の姐さんは藤堂の姐さんなんだな？」

ウラジーミルの口から愛《いと》しい男の名が飛びだし、ようやく氷川は我に返った。指定暴力団・眞鍋組の二代目組長が、命より大切な橘高清和だ。氷川は彼より十歳年上の男でありながら、眞鍋組の二代目姐として遇されている。

「……ウラジーミル？」

幼馴染《おさななじ》みだった清和と再会して以来、あまりにも予想外の修羅《しゅら》が多すぎて、図らずも闇社会と関《かか》わってしまった。

「ああ」

「……ど、どうしてここに？」

社会においての知名度は低いが、ウラジーミルの傑出した優秀さと残虐さはロシアのみならず欧州全域に轟《とどろ》いている。清和が金看板を背負う眞鍋組も、イジオットのウラジーミルには神経を尖《とが》らせていた。清和が執拗《しつよう》に敵視している藤堂和真《かずま》と関係があるからなおさらだ。

「藤堂の姐さんがDr.氷川だと聞いた」

ウラジーミルの宝石のような目は、真っ直《ま》ぐ《す》に氷川を貫く。隣にいる二枚目看護師には目もくれない。

ただ、兼世はさりげなく氷川を廊下の端、それも観葉植物が柵《さく》のように並べられたスペースに移動させる。必然的にウラジーミルの足も動いた。

「……はい？」

長い睫《まつ》毛《げ》に縁取られた氷川の黒曜石のような目がゆらゆらと揺れた。

「姐さんは藤堂に坊主になれ、と命令するのか」

坊主。

坊主と言ったのか。葬式や寺で会う僧侶《そうりょ》のことか。ロシア語で『ボウズ』という言葉があるのか。ロシア人が誤解している日本文化のひとつに『坊主』とやらが何かあるのか。

氷川は何を言われたのか、まったく理解できなかった。

あのお経をあげるお坊さんじゃないよな、なんまいだ〜っ、のお坊さんじゃないよな、と氷川は白百合《しらゆり》と称《たた》えられる美貌《びぼう》を裏切る顔を晒《さら》した。院内外の女性を虜《とりこ》にする兼世にしてもそうだ。坊主とはなんと破壊力のある言葉だろう。

「姐さんは藤堂を坊主の本拠地に行かせた」

ウラジーミルは目を閉じて聞いていれば、日本人だとしか思えないような流暢《りゅうちょう》な日本

語を喋《しゃべ》る。ただ、時に不可解な表現がある。

坊主の本拠地、という言葉に氷川は引っかかった。

「……は？　坊主？　坊主の本拠地？」

「……坊主の本拠地……高野山《こうやさん》だ」

「高野山？」

高野山といえば弘法大師《こうぼうだいし》が開いた真言《しんごん》密教の総本山であり、日本が誇る世界遺産のひとつだ。

騙《だま》し討《う》ちのような形だったが、しばらくの間、勤務していた田舎の病院は和歌山《わかやま》の山奥にあった。老人患者たちの会話には何度も和歌山県にある高野山の話題が上ったものだ。

「姐さんは藤堂から綺麗《きれい》な髪の毛を奪うのか？」

氷川の脳裏に紳士然とした藤堂が浮かんだ。いったい髪の毛を奪うとは、どういうことなのだろう。薄毛ということか、脱毛ということか。

どんなに努力しても、藤堂の頭部から艶《つや》のある髪の毛を消去できない。ウラジーミルから銀色に近い金髪を消せないように。

「……え？」

「姐さんは坊主になるのか？」

坊主、僕が坊主、僕がなむなむな～む、ち～ん、の坊主、と氷川の思考回路がおかしな方向に回りだした。

「……坊主？　僕がお坊さん？」

内科医である氷川も僧侶も、人の生死に携わっているが、似て非なるものだ。今まで出家を意識したことは一度もない。

「姐さんなら坊主じゃなくてシスター？　尼さんになるのか？」

ウラジーミルの氷の美貌はいっさい変わらないが、氷川の日本人形のような顔は無残にも崩れっぱなしだ。冗談を言いそうにない男の話が飛びすぎる。どうしたって、氷川はついていけない。

「僕が尼さん？」

女のお坊さんを尼さんって言うから僕が尼さんになる……わけないじゃないか、僕は男だから出家したらお坊さん、そういえば患者さんで得度《とくど》した実業家がいたな、得度した社長もいた、と氷川の思考回路はぐるぐる回った。今現在、身につけている白衣が墨染めの僧衣に見えてくる。

錯覚だ、錯覚だとわかっている。目がおかしくなっているのだ。

が、耳はおかしくなっていない。ウラジーミルの声はちゃんと氷川の耳に届いている。

ただ、内容が把握できないだけだ。

黒衣の僧侶とともに高野山名物の高野豆腐や胡麻《ごま》豆腐も飛ぶ。和歌山の僻地《へきち》勤務時代、慣れ親しんだ食材だ。

「姐さんが尼さんになるから、藤堂に坊主になるように命令したのか?」

それが仁義とやらか、とウラジーミルは凍りつくような目で続けた。周りにツンドラブリザードが発生したような気がしないでもない。

「……寒い」

くしゅん、くしゅん、とウラジーミルが発する冷気に氷川はくしゃみを連発した。

兼世は思案顔でこめかみを押さえている。おそらく、凄腕《すごうで》の麻薬取締官も冬将軍の言葉に思考回路を凍結させかけているのだろう。

「寒い? 暑い」

ウラジーミルは氷川のくしゃみに驚いたらしく、宝石のような目を瞠《みは》った。冬の日本でもシャツ一枚で平気な男だから無理もない。

「……ごめん、話を元に戻そう。僕が尼さんになる? 僕が出家?」

ちゃんと説明してほしい、と氷川はウラジーミルを真正面から見上げた。百九十センチ近い清和よりさらに上背がある。その存在感も迫力も尋常ではない。

「藤堂は俺のものだ。返してもらう」

ウラジーミルの言葉を聞いた途端、聡《さと》い兼世は小声で独り言のように零《こぼ》した。魔性の男だ、と。

魔性の男。

数多《あまた》の男を虜《とりこ》にする藤堂の仇名《あだな》だ。

氷川もその兼世の『魔性の男』という言葉でなんとなくわかった。今のウラジーミルは欧州を震撼《しんかん》させるイジオットの次期ボス候補ではなく、藤堂に恋をした哀れな男に過ぎないのだろう。

「……藤堂さんだね？　桐嶋組にいる藤堂和真さんだよね？」

氷川は現状を摑《つか》むため、ウラジーミルから言葉を引きだそうとした。間違いなく、ウラジーミルが氷川の勤務先に乗り込んできたのは藤堂の差し金だ。そもそも、ウラジーミルを舌先三寸でロシアに追い返したのは藤堂だった。

『俺は冬のロシアは寒すぎて耐えられない。暖かくなったら……春のパリで会おう』

あの時、藤堂はウラジーミルに春のパリでの再会を提案した。

『春のパリ？』

『ああ、春のパリだ。サン・ジェルマン・デ・プレのレ・ドゥー・マゴで再会しよう。それまで待て』

『逃げようなんて考えるな』

藤堂の大嘘《おおうそ》に騙され、ウラジーミルは日本から去った。

けれど、始めから藤堂は春にパリでウラジーミルに会う気はなかったのだ。

『春のパリ、と俺はウラジーミルに約束しましたが、来年の春とも再来年の春とも言っていません。二十年後の春のパリで再会しますよ』

藤堂のとった姑息《こそく》な手段に呆《あき》れたのは氷川だけではない。ウラジーミルが藤堂を本気で愛していることは確かだ。春になれば、ウラジーミルが焦《じ》れて、東京に乗り込んでくることも予想していた。

清和にしてもウラジーミルの行動はチェックしていたはずだ。氷川が知らないだけで、清和や眞鍋組の幹部たちはウラジーミルの入国を知っていたのかもしれない。

「眞鍋の橘高清和が罪を重ねているから、橘高清和の罪を償うために、姐さんが尼になると聞いた」

藤堂らしいといえばそうかもしれないが、確かに氷川の出家理由としては妥当だ。人の命を預かる医者と極道の住む世界は水と油のように違う。

愛しい男の苛烈《かれつ》な戦いぶりに、背筋を凍らせたのは一度や二度ではない。しかし、それが修羅の世界だ。

「藤堂さんがそんなことを言ったのか」

「姐さんは橘高清和のヤクザを反対している、と聞いた」

氷川は施設育ちで実の両親の顔どころか名前も知らずに育っている。裕福な氷川家の養子になったものの、氷川夫妻に諦《あきら》めていた実子が誕生した途端、掌《てのひら》を返された。孤独な日々を慰めてくれたのが、当時、近所のアパートに実母と住んでいた幼い清和だ。

氷川が医学部受験を控えた冬、幼い清和は眉間《みけん》に傷がある大男に連れ去られた。それ以降、清和の行方は杳《よう》として知れず。

「うん、反対していたよ。今からでも遅くないから足を洗ってほしい。一般人として生きてほしい」

再会した時、幼馴染みは屈強な男たちを従えた極道になっていた。不夜城の覇者とはいえ、清和はまだ二十歳《はたち》だ。

清和くんならいくらでもやり直せる、今の僕はなんの力もない学生じゃない、と氷川はずっと持ち続けている想《おも》いを心の中で呟《つぶや》いた。

「姐さんが藤堂にヤクザをやめさせた」

清和の宿敵ともいう存在が、指定暴力団・藤堂組の組長である藤堂だった。けれど、氷川が問答無用の荒技を駆使し、藤堂に藤堂組を解散させて、極道界から足を洗わせたのだ。そして、藤堂と固い絆《きずな》で結ばれている桐嶋に桐嶋組を立ち上げさせた。

「うん、藤堂さんにヤクザは無理だ」

藤堂は芦屋六麓荘《あしやろくろくそう》の名家の子息であり、本来ならば極道に身を投じるタイプではない。小汚さでは定評のあるヤクザだったが、悲惨な過去を背負っていた。氷川には慰める言葉が見つからない。

「藤堂は姐さんに坊主になるように命令された」

原因はお前だな、とウラジーミルは言外に語っている。

当然、氷川にそんな覚えはない。

だが、ウラジーミルという危険極まりない男に愛されている藤堂だから、なんとなく経緯がわかる。ウラジーミルに乗り込まれて、藤堂は苦し紛れに眞鍋組二代目姐の名と高野山行きを口にしたのだ。

「……うん、そういう道もあるからね」

藤堂さんはウラジーミルをまいて高野山に行ったのかな、それでウラジーミルは諦めてくれるのか、ウラジーミルはそれぐらいで諦めるように思えない、と氷川は冷静に目の前に立つ恋するロシア人を見つめた。

兼世はさりげなくスマートフォンを操作している。たぶん、誰かと連絡を取り合っているのだろう。

「それで藤堂さんは出家するために高野山に行ったの？」

僕にウラジーミルを押しつけて藤堂さんはどこに行ったんだ、本当に高野山に行ったのか、と氷川は胡乱《うろん》な目でウラジーミルを見上げた。

「春になっても藤堂はパリに来なかった。迎えに来た」

「……あれ？　もう春だっけ？　僕はまだお花見をしていないから……」

氷川は無駄だと思いつつも惚《とぼ》けようとしたが、ウラジーミルは氷のような声で遮った。

「さっき、藤堂に会った」

「それで？」

「会った途端、高野山に行かなければならない、と藤堂は言った」

ウラジーミルはどこか遠い目で、藤堂に再会した時のことを語りだした。ほんの数時間前のことだ。

単身、ウラジーミルは桐嶋組の総本部に乗り込み、詰めていた構成員たちを失神させた。最上階のプライベートフロアでは、桐嶋が鼾《いびき》をかいて寝ていたという。

ウラジーミルが桐嶋と対峙《たいじ》することはなかった。

『藤堂、なぜ、パリに来ない？』

ウラジーミルは切ないまでの怒気を漲《みなぎ》らせ、夢にまで見た藤堂に詰め寄る。

『ウラジーミル、今、来日する余裕はないはずだ。モスクワでは大切な交渉があるだろう。ロンドンとマカオは騒がしいな』

『連れて帰る』

ウラジーミルは想《おも》いの丈《たけ》を込め、藤堂の身体《からだ》を抱き締めた。

『俺は姐さんの舎弟になった』

『……舎弟？　お前が？』

『姐さんの言いつけにより、俺は高野山で出家する。これから高野山で修行だ』

『……出家？　出家して牧師になるのか？』

『高野山で出家したら、真言宗の僧侶だ』

時間がない、と藤堂は腕時計で時間を確かめ、ウラジーミルの腕から出てしまう。もちろん、ウラジーミルは放したりはしない。

『藤堂、春だ。逃がさない』

『俺も一応、日本人だから仁義を守らなければならない。俺の出家を止めて、ロシアに連れていくならば、姐さんに承諾を取ってほしい』

『仁義？　お前が？』

『いくら俺でも姐さんを怒らせるのは怖い』

氷川の怒りを買うことがどれだけ恐ろしいか、藤堂はいつになく神妙な態度で滔々《とうとう》と説いたらしい。

その後、寝ている桐嶋を置いて、悠々と出ていってしまった。ウラジーミルは追ったものの、空港で別れさせられたという。

『ウラジーミル、俺の出家を止めるのならば、姐さんに承諾を得てほしい』

藤堂が搭乗した飛行機の行き先は関西国際空港だ。

ウラジーミルはそこまで語ると、氷川を射るように見据えた。

「姐さん、確かめる。藤堂は姐さんの舎弟か？」

「……違う……ううん、そうだよ。藤堂和真、彼は僕の舎弟だよ」

僕は藤堂さんを舎弟にした覚えはないよ、僕を理由に逃げたね、本当に高野山に行くつもりじゃないな、藤堂さんのことだからまたどこかに雲隠れするのか、桐嶋さんはどうしてこんな大事な時に寝ているんだ、と氷川は心の中で信頼している桐嶋を罵《ののし》った。

「藤堂は俺のものだ」

清和との極道としての戦いに敗れた後、藤堂は忽然《こつぜん》と姿を消した。帰国した時、藤堂はウラジーミルを連れていた。

藤堂の逃亡の援助をしていたのが、ウラジーミルであることは間違いない。ウラジーミルが本気で藤堂を愛していることも。

本気だからやっかいなのだ。

議論するまでもなく、氷川は藤堂をウラジーミルに渡したくはない。二度と欧州にも渡らせたくない。世間知らずの子息時代に知り合い、交流を深めた桐嶋と一緒にいることが最善だと思っている。

いや、藤堂は桐嶋のそばにいなければならない。桐嶋のそばに藤堂がいなければならないように。

「駄目、藤堂さんは桐嶋さんの姐さんに……」

氷川の言葉を遮るように、ウラジーミルは殺気を帯びた声で凄《すご》んだ。

「桐嶋は殺す」

邪魔者は消せ、という主義を実践しているのはウラジーミルだけではない。氷川の大事な男もそうだという。

「絶対に駄目……っと、藤堂さんは僕の舎弟になったの。桐嶋さんも僕の舎弟なんだ。ふたりに手を出さないで」

「姐さんを殺せばすむ」

ウラジーミルはなんでもないことのように言うと、隠し持っていた拳銃《けんじゅう》を手にした。

その途端、空気が張り詰める。

一瞬にして、氷の世界が広がる。

兼世はスマートフォンを手にした体勢で、横目でウラジーミルの手で鈍く光る凶器を確かめている。

不幸中の幸い、黄昏色《たそがれいろ》に染まる院内に人の気配はない。正確にいえば、スタッフや患者はひとりもいない。物陰で息を潜めているのは、ショウや卓《すぐる》、吾郎《ごろう》といった眞鍋組の若手構成員たちである。観葉植物の裏から窺《うかが》っているのは、諜報部隊《ちょうほうぶたい》に所属しているイワシだ。

ここで僕が少しでも怖がったらみんな飛びだす、こんなところで戦わせるわけにはいかない、落ち着け、清和くんの浮気に比べたらどうってことないから、と氷川は自分で自分に言い聞かせ、にっこりと微笑《ほほえ》んだ。

花が咲いたような可憐《かれん》さに、さすがのウラジーミルの眉《まゆ》が顰《ひそ》められる。

「姐さん？　殺していいのか？」

カチリ、とウラジーミルの拳銃が鳴る。

このっ、とショウが飛びだした。

氷川が止める寸前、卓と吾郎がふたりがかりでショウを止める。兼世がスマートフォンを手にしたまま、ジリジリと間合いを詰めた。

「ここは日本だよ。ロシアじゃどうか知らないけど、こんなところでピストルを手にしたら駄目だ。藤堂さんに教えてもらわなかったの？」

よくよく考えてみれば、銃口を向けられたのは初めてではない。氷川は腹を括《くく》って、冬将軍を見つめた。

今の彼は恋に血迷う青年だ。

藤堂のウラジーミルに対する言動には、目の敵《かたき》にしている桐嶋でさえ同情していた。とどのつまり、諸悪の根源は藤堂である。

本人の意志がどうであれ。

「日本ではキスをするな、と藤堂に言われた」

ウラジーミルは銃口を構えた姿勢で、藤堂に注意されたことを明かした。

「そうだね。今の子はそうでもないのかもしれないけど、まだまだ日本では道のど真ん中でキスはしないし、病院の中でもキスはしない」

キスより拳銃のほうが問題だよ、と氷川はウラジーミルが構えている銃口を人差し指で差した。

「病院の中でキスをしたら文句を言った」

勤務中、氷川の目の前でウラジーミルは藤堂にキスをした。あの時、藤堂は平然としていたが、文句を言っていたのか。

「そうだろうね」

「姐さん、俺は藤堂を取り戻す」

「ウラジーミル、藤堂さんは本当に罪作りな男なんだ。生真面目《きまじめ》な男子学生からエリート、果てはプロレスラーたちまで惑わせて大変なんだ」

だから藤堂さんは出家させる、と氷川は意識的に低くした声で続けた。藤堂を巡って起こった騒動は枚挙に暇《いとま》がない。

「俺が連れて帰る」

そういった類いの男に藤堂がどう映るのかわかっているらしく、ウラジーミルに凄絶《せいぜつ》な怒気が漲った。

「駄目、藤堂さんを出家させて僧侶にしない限り、藤堂さんの魔性の魅力に惑わされる男が続出する……ううん、被害者が増える。これ以上、被害者を出しちゃ駄目だ。藤堂さんがお坊さんになれば、藤堂さんに血迷う男はいなくなるかもしれない」

氷川は強引に藤堂の出家に話を結びつけた。事実、藤堂が惑わせた男たちがあまりにも哀れすぎる。

「俺が連れて帰ればそれですむ」

「ウラジーミルが連れて帰っても、ロシアで同じ争いが増えるだけだ」

藤堂さんは日本でもあれだけモテるんだからロシアでもモテるんじゃないかな、と氷川は踏んでいた。

「俺から藤堂を奪う奴《やつ》は許さない」

藤堂に近づいた男を処理しているかのような言い草に、氷川の背筋が凍りついた。藤堂に焦《こ》がれた男たちの惨殺死体の山が脳裏に浮かぶ。

「僕は世のため、人のため、藤堂さんを出家させる。これはすでに神仏に誓った決定事項だから覆《くつがえ》せない」

「神仏？」

「そう、神仏との約束を破ったら地獄に落ちる」

なんまいだ～っ、なんまいだ～っ、なんまいだ～っ、と氷川は両手を合わせて唱えた。

兼世が笑いを噛《か》み殺《ころ》すかのように口を押さえているが無視する。

「地獄に落ちても構わない」

「そんなに藤堂さんが好き？」

「藤堂は俺のものだ」

傲岸不遜《ごうがんふそん》な若き支配者は、愛の言葉ではなく所有権を主張した。

「……じゃあ、とりあえず、ウラジーミルも藤堂さんと一緒に高野山で修行しなさい。煩《ぼん》悩《のう》を祓《はら》ういい機会だ」

ウラジーミルの煩悩が祓えたら藤堂さんへの想いも消えるかな、と氷川は目に見えないものに縋《すが》ってしまう。

「俺が修行？　煩悩とはなんだ？」

「高野山に高僧がいるお寺がある。福清厳浄明院《ふくせいごんじょうみょういん》で藤堂さんと一緒に修行してみて」

高野山に行けばわかるから、と氷川は名僧が住職を務める寺院名を連呼した。和歌山の山奥の病院に勤務していた頃、老患者たちが絶賛していた度量の広い高僧だ。跡取り息子も若いながら素晴らしい僧侶だと、病院関係者や役所関係者も手放しで褒《ほ》め称《たた》えていた。

「藤堂はその寺にいるのか？」

「うん。福清厳浄明院にいる」

氷川が観音菩薩《かんのんぼさつ》のような微笑を浮かべると、ウラジーミルは無言で背を向けた。そのまま、出入り口に向かう。

背中が小さくなっても、吹雪に見舞われているような気がする。

冬将軍が黄昏色に染まった院内から去った。

「姐さん……じゃねぇ、氷川先生、よくあんな突拍子もないことを思いついたな」

兼世に感嘆混じりの声を上げられ、氷川は神妙な面持ちで答えた。

「兼世くん……じゃない鈴木くん、藤堂さんは出家してお坊さんになったほうがいいかもしれない」

「あの藤堂サンがツルツル坊主に？」

あいつがツルツル坊主になるわけがない、と兼世は暗に匂《にお》わせている。彼は麻薬取締官として、覚醒剤《かくせいざい》で莫大《ばくだい》な利益を上げた藤堂を知っているのだ。

「いくらなんでも、藤堂さんがツルツル坊主になったら血迷う人はいなくなると思う」

「そういう意味での坊主か」

「兼世くん、どういうこと？」

「……これで終わりじゃない。高野山に翼を持った人食いクマを放ったんだぜ」

兼世に指摘されるまでもなく、一波乱あることは間違いない。物陰から様子を窺っていた眞鍋組の構成員たちや影の実動部隊のメンバーたちが、いつの間にか忽然と消えていた。おそらく、ウラジーミルを追っているのだろう。

高野山に辿《たど》り着《つ》く前に何かあるのか。高野山で何かあるのか。そもそも、藤堂は本当に高野山に行くのか。ウラジーミルは高野山に行くのか。

ここでどんなに考えても時間の無駄だ。

「いくらウラジーミルでも高野山のお坊さんを食べたりしないよ」

「ウラジーミルなら相手が坊主であってもマシンガンを乱射するぜ」

かつてウラジーミルはマシンガンを手に桐嶋組総本部に乗り込んだ。本気だったら、その時点で桐嶋は泉下の人となっていただろう。

「絶対に駄目」

「それをやるのが、イジオット」

いい加減、わかれよ、と兼世は爽《さわ》やかな看護師ではなく食えない麻薬取締官の顔で続けた。

「そんなに馬鹿《ばか》な組織？」

「馬鹿な組織か、どうか、わからねぇが、イジオットはどんな場所でも自分のルールで生きている」

「とりあえず、帰る……ううん、桐嶋さんに連絡……会ったほうがいいかな」

氷川は大きな溜《た》め息《いき》をつくと、腕時計で時間を確かめた。

2

ロッカールームで白衣を脱ぎ、送迎係のショウに連絡を入れた。何事もなく、明和《めいわ》病院を後にする。

待ち合わせ場所である草木に覆われた空き地では、送迎用の黒塗りのメルセデス・ベンツとともにショウがいた。

「お疲れ様です」

ショウは礼儀正しく一礼するが、氷川《ひかわ》に労《ねぎら》う余裕はなかった。

「ショウくん、ウラジーミルは？　藤堂《とうどう》さんは？」

「姐《あね》さん、とりあえず、乗ってください」

「そうだね」

ショウに促され、氷川は広い後部座席に乗り込んだ。

「出します」

ショウは一声かけてから、アクセルを踏んだ。冬将軍が出現しても、その運転技術はなんら変わらない。

あっという間に、氷川を乗せた車は高級住宅街が広がる丘を下りた。夜の帳《とばり》に包まれた街を進む。

「ショウくん、藤堂さんはお坊さんになったの？」

知《し》らず識《し》らずのうちに、氷川の口から飛びだした。それだけ、藤堂の出家話には意表を衝《つ》かれたのだ。

「……ぶっ……姐さん、いきなり、ツルツルハゲ話っスか？」

ショウはハンドルに手を添えたまま盛大に噴きだした。

「高野山《こうやさん》のお寺に入ったら、すぐに頭をツルツルにするの？」

氷川は僧侶《そうりょ》になるための手順がまったくわからない。

「知らねぇっス」

「……あ、藤堂さんは高野山に行ったの？　ウラジーミルは？」

「イジオットのウラジーミルはロシアっス」

一瞬、何を言われたのかわからず、氷川は怪訝《けげん》な顔で聞き返した。

「……え？」

つい先ほど、ウラジーミルは勤務先に乗り込んできた。いくら大組織の次期ボス候補でも、ロシアに戻れるはずがない。

「イジオットのウラジーミルはロシアのピロシキとかいうところにいるそうっス」

「ピロシキはロシア名物だ」

「ピロシキってカレーパンっスよね？」

「よく似ているけど、カレーパンじゃない……っと、そうじゃなくて、ウラジーミルを明和で見た」

ショウくんもその目で確かめたはず、と氷川は運転席の背もたれを叩《たた》いた。今でも氷の彫刻の残像が瞼《まぶた》に焼きついている。

「ロシアは『どこでもドア』を発明したんスね」

ショウは日本が誇るアニメ主題歌を歌いだしたが、音程が著《いちじる》しく外れているし、歌詞もヤンキー仕様だった。どこでもドアはカツアゲやオレオレ詐欺のために駆使するアイテムではない。

「ショウくん、何を言っているの」

パンパンパンパンパンッ、と氷川は勢いよく運転席の背もたれを叩く。間違いなく、眞鍋《まなべ》組の特攻隊長はなんらかの情報を聞いているはずだ。

時に眞鍋組の機動力や情報網は国家権力を凌駕《りょうが》する。

「ロシアからの映像入りの情報では、ウラジーミルが幹部と一緒にウオッカを飲みながらコロシ……っと、ウオッカを飲みながら仕事に励んでいるそうっス」

ショウは忌《い》ま忌《い》ましそうに言うと、ハンドルを左に切った。

「……ええ？　じゃあ、明和に現れたウラジーミルは誰？」

ロシアにウラジーミルがいるのならば、氷川が見たウラジーミルは何者なのか。

「影武者じゃねぇか、って卓《すぐる》やイワシは言っていた」

「影武者？」

古今東西、影武者を持つ支配者は多い。眞鍋組でも清和《せいわ》によく似たショコラティエを囲い込んでいる。

「イジオットの次期ボス候補なら影武者が何人いてもおかしくねぇ」

「本当に影武者かな？」

ウラジーミルと親しく接したわけではないが、明和病院に現れた冬将軍に違和感は抱かなかった。

恋する藤堂を追ってきた男だ。

「藤堂をせっつくために、影武者を乗り込ませたんスよ……あ、しまった……」

どうやら、ショウは口を滑らせてしまったらしい。いつもと同じように、嘘《うそ》がつけない馬鹿《ばか》正直な男だ。

「藤堂さんをせっつく？　どういうこと？　藤堂さんがロシアに来るようにせっついているんだね？」

ウラジーミルが影武者を使って藤堂を連れ戻そうとしているのか。眞鍋組の男たちはそう踏んでいるのか。

「……姐さん、今夜は二代目にどんなメシを作るんスか？」

ショウは白々しい声でガラリと話題を変えた。

「そんなの、野菜たっぷりの料理に決まっている……っと、誤魔化《ごまか》そうとしても無駄だよ。桐嶋《きりしま》さんのところに向かって」

ロッカールームで桐嶋に連絡を入れたが、なんの反応もない。普段ならば、すぐに応対してくれるのに。

「桐嶋組長は魔女にこっぴどく絞られ、抜け殻っス」

魔女、と口に出した本人が、魔女こと祐《たすく》に対する恐怖を発散させる。眉目秀麗《びもくしゅうれい》な眞鍋組の参謀は、若手構成員のみならず海千山千の極道たちからも恐れられていた。

氷川自身、祐が恐怖の対象となる理由がよくわかる。祐が造り上げたゴージャスな監禁部屋に苦しめられたから。

その祐の攻撃を食らったら、いくら剛胆な桐嶋でも危ない。藤堂を逃がし、誰よりも落胆しているはずだ。

「だから、桐嶋さんに会いたい」

氷川が目を吊《つ》り上《あ》げた時、ショウのスマートフォンに連絡が入る。どうやら、祐らしく、ショウは恐怖の声を上げた。

「……ひっ」

「ショウくん、どうしたの？　その怯《おび》え方からして祐くん？」

「……ま、ま、魔女っス」

「祐くんはなんて言っている？」

氷川が掠《かす》れた声で聞いた途端、運転席のショウからスマートフォンが手渡された。祐からのメールが届いている。

「……え？　桐嶋組長の高野山行きを姐さんに止めさせろ？　どういうこと？」

スマートフォンの写メールには桐嶋を押さえ込む宇治《うじ》や吾郎《ごろう》、卓といった眞鍋組の若手構成員たちが写っている。それぞれ、清和が目をかけている幹部候補だ。

「……あ、あ、あ、姐さん、二代目には姐さんを真《ま》っ直《す》ぐに連れて帰るように言われて……忘れてください……昇り龍より魔女が怖いっス……」

ショウの言葉は要領を得ないが、なんとなく把握できる。察するに、清和と祐の命令が違うのだろう。

いつであれ、清和は氷川を眞鍋組の問題から遠ざけようとする。

組のことにはいっさい口を出さない。

これが姐としての鉄則だが、藤堂や桐嶋が絡んでいたら話はべつだ。清和は義父《ちち》である橘高正宗《きったかまさむね》の仲介により、さんざん煮え湯を呑《の》まされた藤堂と手打ちをしたものの、ヒットマンを送り込んでいる。

紆余曲折《うよきょくせつ》あり、清和と藤堂はすべて水に流した。

……ように思ったのだが、ウラジーミルが動きだしたとなれば静観できない。何しろ、清和は藤堂という男には敏感に反応する。

「ショウくん、桐嶋さんのところに向かって」

「頼みます」

「それで、藤堂さんはどこへ行ったの？」

「高野山にのんびり向かっているらしいっス」

「藤堂さんは本当に高野山に向かっているの？」

藤堂のことだから関西国際空港から海外に飛んだかと思った。氷川は驚愕《きょうがく》で後部座席からずり落ちそうになる。

「ナンパしてきた男と一緒にお好み焼きを食ったり、コーヒーを飲んだり、大阪観光をしてから、高野山行きの列車に乗ったみたいっス」

「藤堂さんがナンパしてきた男と大阪観光？」

ショウのスマートフォンの写メールには、お好み焼きを焼いている鉄板の前で微笑《ほほえ》む男同士のカップルが写しだされていた。

ひとりは白いスーツ姿の藤堂であり、もうひとりは左耳にダイヤのピアスをした若い美青年だ。

「……ただ単にお好み焼きを食べているというには……ちょっと……このナンパ男の密着具合が……藤堂さんはいつもと同じだけど、このナンパ男は……」

藤堂の肩を抱き寄せる若い美青年には、写メールからでも下心が伝わってきた。この場に桐嶋がいたら、即座にマシンガントークが連射されていただろう。

「アフリカ系のナンパ男がそのピアスナンパ男をブチのめして、藤堂をかっさらって、コーヒータイムっス」

ショウのスマートフォンの写メールには、アフリカ系の青年と一緒にコーヒーを飲む藤堂もいた。例によって、藤堂の態度は変わらないが、アフリカ系の青年の気持ちは確かめなくてもわかる。

「相変わらず、藤堂さんは罪作りな男だね」

「そのアフリカ系の奴《やつ》には嫁さんがいたようです。嫁さんがそいつを連れていきました」

アフリカ系の青年が怒髪天《どはってん》を衝いた日本人女性に殴られている写メールがあった。藤堂はすました顔で離れている。

「それでやっと藤堂さんは高野山行きの列車に乗ったのか」

藤堂は紳士然とした様子で高野山行きの列車に座っていた。それらしい荷物はいっさい手にしていない。どこからどう見ても、出家するようには見えなかった。

「姐さん、大阪のナンパ男は使えねぇっス。あのまま藤堂をなんとかしてくれればよかったのに……」

スマートフォンには高野山行きの列車内の写メールが何枚もある。順を追って見ていくと、藤堂とウラジーミルが並んでいる写メールもあった。

「……え？　ウラジーミル？」

「明和に乗り込んだ影武者が追いついたんスね」

ショウが吐き捨てるように言った時、氷川を乗せた車は桐嶋組総本部の前で停《と》まった。出入り口には銀のメルセデス・ベンツや黒のベントレーなど、錚々《そうそう》たる高級車が大型バイクとともに並んでいる。

「姐さん、着きました。とりあえず、魔女、魔女っス。魔女なんスよ」

ショウは素早い動作で運転席から降りると、氷川のために後部座席のドアを開けた。

「ショウくん、わかっているから」

氷川が黒塗りのメルセデス・ベンツから降りた途端、桐嶋組総本部から血まみれの男が飛びだしてくる。

それもひとりやふたりではない。

バタバタバタバタッ、と氷川の前で血まみれの男たちが何人も倒れた。

「……え？」

氷川が身を竦《すく》ませると、ショウは盾になるように立った。

「桐嶋組の奴っス」

「桐嶋組の構成員？　いったい何があった？」

氷川は血まみれの構成員たちに駆け寄ろうとした。けれど、ショウにやんわりと止められてしまう。

「どうして？」

「桐嶋組長が暴れているんスよ」

「藤堂がいなくなったら、桐嶋組長はどうすると思いますか？」

「藤堂さんを追うに決まっている」

「今、桐嶋組長に桐嶋のシマを離れられると困るんスよ」

ショウは腹立たしそうに舌打ちをすると、氷川を守るようにして桐嶋組総本部の出入り口に突き進んだ。

「……そ、そういうわけで祐くんは僕を呼んだのか」

氷川は自分に白羽の矢が立てられた理由に気づいた。眞鍋組と桐嶋組は隣接し、何かと関係がある。清和と桐嶋はいい関係を築いているのだ。

もし、眞鍋組で何かあれば、必然的に桐嶋組も揺らぐだろう。同じように、桐嶋組に何かあれば、必然的に眞鍋組も揺らぐだろう。

清和が君臨する不夜城がどんな状態か、氷川は的確に把握していないが、平和な街でないことは確かだ。国内の暴力団のみならず海外の組織も虎視眈々《こしたんたん》と不夜城を狙《ねら》っている。氷川ですら、眞鍋組のシマを狙う輩《やから》はいくつも挙げられる。

「姐さん、足下に気をつけて」

ショウに注意されなければ、氷川は床で失神していた桐嶋組の構成員で転倒していた。

「……う、うん」

一見、暴力団の総本部とは見えないようなエントランスだが、エレベーターや階段付近には桐嶋組構成員たちが横たわっている。床にはジャックナイフやサバイバルナイフに交ざり、白鞘《しらさや》の日本刀まであった。

「……うわ、これ、ウラジーミルの影武者にやられた奴らか？　まだ伸びているのか？　桐嶋組長を止めようとしてやられたのか？」

折り重なった桐嶋組構成員たちの足下には、鈍く光る拳銃《けんじゅう》も落ちていた。銃刀法違反で現行犯逮捕だ。

「……今回、マシンガンは使わなかったんだね？」

「本物のウラジーミルならマシンガンを構えた部下を引き連れて乗り込んでくる。今回のウラジーミルは影武者だと思うっス」

「藤堂さんは影武者だと気づかなかったの？」

「藤堂も騙《だま》された……いや、あのキツネより狡《ずる》い藤堂が気づかねぇわけがねぇ……あれ？

藤堂がまた何かやろうとしているのか？　そうだよな？　坊主だらけの山に行くんだから、またシャブに手を出しやがるのか？」

「ショウくん、どういうこと？」

氷川が驚愕で目を瞠《みは》った時、エレベーターの扉が開いた。

その中を見た瞬間、氷川の息が止まった。

……止まったような気がした。

何しろ、エレベーターの中、重量級の大男が三人ひしめき合っている。いや、桐嶋を左右から清和とリキという眞鍋が誇る龍虎《りゅうこ》コンビが押さえ込んでいる。

「……に、二代目？　リキさん？」

ショウが声を上げると、清和は鬼のような形相《ぎょうそう》で言い放った。

「ショウ、なんで連れてきた」

清和の視線の先は言わずもがな、眞鍋組における最重要注意人物のトップを独走する二代目姐だ。

「魔女の命令っス」

ショウが金切り声で答えると、リキは鉄仮面を被《かぶ》ったまま言った。

「ショウ、桐嶋組長を押さえ込め」

ショウがリキの指示通りに動こうとした途端、桐嶋は渾身《こんしん》の力を振り絞って、不夜城の

覇者と最強の男と称《たた》えられる虎《とら》を振り払った。

エレベーターから飛びだす。

「ショウ、逃がすなっ」

リキの低い声が響くや否や、ショウは桐嶋に飛びかかる。同時に清和とリキも桐嶋を左右から押さえ込んだ。

卓と宇治が階段から駆け下りてきて、ふたり同時に桐嶋めがけてダイビング。

これらは一瞬の出来事で、氷川は瞬《まばた》きをする間もない。

「眞鍋の色男、武士の情けや、坊主の山に行かせてぇな」

眞鍋が誇る腕自慢の三人組相手では、さすがの桐嶋も敵《かな》わないと察したらしい。泣き落としにかかる。

地を這《は》うような低い声で応対したのは、桐嶋に名指しされた清和だ。

「桐嶋組長、待て」

ふっ、と清和が下半身に力を入れ、桐嶋の逞《たくま》しい身体《からだ》を拘束する。眞鍋の虎ことリキや韋駄天《いだてん》のショウにしてもそうだ。

氷川はただただ呆然《ぼうぜん》と立ち尽くすだけだった。

「眞鍋の色男かて、姐さんが家出した時、泣き叫ぶ舎弟たちを蹴散《けち》らして追いかけたやんか。あれで魔女のヒステリーがますますひどくなったんやで」

桐嶋が過去の騒動を指摘すると、清和は渋面《じゅうめん》で否定した。

「あの時とは違う」

「同じや。眞鍋の色男は散弾銃をぶっぱなしてまで、家出した姐さんを迎えに行ったんや。俺がカズを迎えに行く気持ちがわかるやろ。あのええとこのボンボンは姐さんとはまた違った意味でやっかいな奴なんや。ちょっと目を離したら、何をするかわからへん……いや、何をさせられるかわからへん」

桐嶋がつらつらと零《こぼ》すと、リキが重い口を開いた。

「今、桐嶋組長に桐嶋のシマから離れられると困る」

「虎ちん、眞鍋の色男と虎ちんが気張ってくれたらなんとかなるわ。それになんかあっても、魔女が待ってましたとばかりにしばくからOKやんか」

「桐嶋組長、みすみす長江《ながえ》組にシマを明け渡すつもりか？」

リキの口から関西を拠点にする広域暴力団の名が飛びだし、氷川の背筋が凍りついた。まずもって、長江組が本気で乗り込んできたら、眞鍋組のみならず桐嶋組も太刀打ちできない。関東の大親分が共存を掲げ、地方の暴力団の進出を拒んでいるけれども、どこまで効果があるか、定かではなかった。危うい一線を保っているに過ぎない。

「虎ちん、色男、ショウちん、頼むで。長江組はやっかいな相手やから、しばき上げるんは上手《うま》くやってな。たぶん、長江組の相手は魔女の汚い戦法が有効やと思うで」

「伝説の花桐《はなぎり》の息子、繰り返す。今、桐嶋のシマを離れ、関西に飛ぶことは、長江組に宣戦布告したにも等しい」

伝説の花桐の息子、というリキの言葉に対し、桐嶋はニヤリと口元を歪《ゆが》めた。彼は関西で伝説と化した極道の忘れ形見だ。それゆえ、関西出身で長江組と関係があったにも拘《かかわ》らず、関東の大親分にも気に入られた。

もちろん、桐嶋個人の魅力も大きいのだが。

「カズが西の山に飛んでもうたから仕方ないやんか」

「藤堂は眞鍋がマークしている。安心しろ」

「いやや、どうせ、眞鍋の色男はカズにヒットマンを送り込むやろ」

カズは偽坊主を使ってシャブを売りさばいとったから疑われてもしゃあないか、と桐嶋は独り言のようにボソボソと続けた。

「俺の責任において、そんなことはさせない」

俺が信じられないか、とリキはいつになく真摯《しんし》な目で桐嶋を貫いた。清和は仏頂面《ぶっちょうづら》で口を噤《つぐ》んでいる。

「ロシアから白クマが飛んできたんや。カズが危ない」

桐嶋が口にした『白クマ』とはウラジーミルにほかならない。絶世の金髪の美青年に白クマの面影はまったくないが、それですんなり通じてしまう。

「あれはウラジーミルの影武者だ」

　リキは来日したウラジーミルを偽者だと判断していた。清和も同意するように無言で相《あい》槌《づち》を打つ。

「影武者やて？」

「イジオットと香港《ホンコン》マフィアの楊《よう》一族が手を組む。今、モスクワで交渉中だ」

　イジオット側の交渉担当の責任者はウラジーミルだ、とリキは苦行僧のような風情で告げた。

「イジオットが楊一族と仲良しになったらヤバいやんか。まず、平和ボケした日本が餌食《えじき》や……っと、いくらあのけったいな白クマでも、そんな大切な交渉の時に東京に飛んできたりはせえへんよな」

「ああ」

　イジオットの皇帝の後継者はそんな優しい男ではない、とリキは言外に匂わせている。清和から発せられる怒気も増した。

「あの白クマ、影武者やったんか？」

「そうだ」

「俺は影武者とは思わへんかったけどな」

「本物のウラジーミルならば、桐嶋組長は蜂《はち》の巣《す》になっていたはずだ」

「カズに飲まされたワインに睡眠薬が入っとったんや。俺としたことがぬかったわ」

金魚のフンと呼んでえや、と桐嶋は前々から公言していたが、朝から晩どころか就寝中も藤堂から離れなかった。二度と雲隠れしないように、藤堂を見張っていたのだ。けれど、ほんのわずかな隙《すき》を突かれたらしい。

あの藤堂だから虎視眈々と、狙っていたのかもしれないが。

姐さん、俺に桐嶋組長の説得は無理そうです、とリキに視線で託されたような気がした。氷川は意を決し、重量級の男たちの前に立つ。

「桐嶋さん、僕は桐嶋さんが作ったお好み焼きとたこ焼きが食べたい」

氷川がにっこりと微笑んだら、周囲に可憐《かれん》な白い花が舞う。

「……姐さん、そんな可愛《かわい》い笑顔で言われても」

「僕、桐嶋さんが作るお好み焼きとたこ焼きを食べてから、ほかのお好み焼きとたこ焼きが食べられなくなったんだ」

ポンポンポン、と氷川は宥《なだ》めるように桐嶋の肩を叩いた。それだけで桐嶋から力が抜けていく。

氷川の存在で桐嶋の醸しだす空気も軽くなった。つられるように、清和やリキ、ショウといった男たちの緊張も緩む。

「……姐さん、カズが俺を眠らせて坊主の山に行ってもうた」

桐嶋が泣きそうな顔で氷川に言うと、辺りにはなんとも言いがたい哀愁が吹き荒れた。もう大丈夫だと判断したのか、眞鍋組の男たちは桐嶋の身体から手を離す。

その代わり、氷川が桐嶋の肩を優しく叩き続けた。

「どうして、藤堂さんは高野山に行ったの？」

どんなに妄想力を逞しく働かせても、何かにつけてスマートな藤堂と弘法大師空海《こうぼうだいしくうかい》が開いた天空の聖域が結びつかない。ただ、ショウや桐嶋の会話の端々から由々しき言葉を聞いた。覚醒剤《かくせいざい》、と。偽坊主、と。

「あいつ、カズはホモだけやのうて、真面目《まじめ》な男をトチ狂わせるんや。ようしてくれるカタギの一人息子がカズに血迷って、大学中退して……ホンマに大変やったんや。俺も眞鍋の色男も世話になったオヤジの跡取り息子もカズにトチ狂って、会社を辞めてもうて……ほんで、俺はカズに怒鳴ってもうた。オヤジになる努力をせぇへんのやったらツルツル坊主になれ、て……まさか、本気でツルツル坊主の本拠地に乗り込むとは思わへんかったんや」

氷川は桐嶋の腕を取り、リキに指示された奥の部屋に進む。オーク材の家具で統一された部屋には極道色がなく、どこかの応接室のようだ。シンプルながら高級感の漂うサイドボードには、デンマーク製のティーカップのセットが飾られている。

「桐嶋さん、気が合うね。僕も罪作りな藤堂さんには出家を勧めたくなる」

考えることは一緒か、と氷川は変なところで感心してしまった。

「姐さんもか？」

「うん。あの罪作りな藤堂さんもお坊さんになったら、いくらなんでも、これ以上、被害者は増えないよね？」

「でもな、あかんねん、俺としたことが抜かったわ。カズをツルツルにしたらあかんし、ツルツルの本拠地に行かせてもあかんねん」

桐嶋から発散される哀愁が半端ではない。

「どうして？」

「あいつ、ヤクザ時代に偽坊主を使ってシャブの密売をしとったんや」

藤堂さんの罰当たり、本当にそんなことまでしていたのか、と氷川は驚愕したものの口には出さない。

「……も、もう、藤堂さんは改心したよね？」

藤堂は以前の藤堂ではない。そう氷川は思っている。信じたいといったほうが正しいのかもしれない。

「せや。二度とシャブに手は出さへん、ってカズは誓っとうけど、眞鍋の色男は信じてくれへんやろな」

桐嶋は清和に視線を流さず、物悲しい溜《た》め息《いき》をついた。

「大丈夫、清和くんも信じているから」

清和が藤堂を信じているとは思えないが、氷川は患者を騙す笑顔を浮かべる。あえて視界に清和の姿を入れなかった。

「カズは白クマと一緒にツルツル坊主の本拠地に乗り込んだんや。ヤバいなんてもんちゃうわ。カズがロシアの白クマに利用されて、偽坊主ルートを作らされるかもしれへん」

アホ、ボケ、カス、と桐嶋は顔を引《ひ》き攣《つ》らせて悪態をつくが、逞しい身体が小さく見える。

「藤堂さんがウラジーミルと一緒に高野山に入ったからって、偽坊主ルートのためだと決まったわけじゃない」

「白クマは侮《あなど》れへん。偽坊主ルートの価値も知っとうはずや」

「……あ、そういえば、あのウラジーミルは影武者？　僕は影武者だと思わなかったんだけどな？」

氷川の質問に対する答えが、哀愁を纏《まと》う桐嶋からは返ってこなかった。

「坊主の山で寺がようけあるって聞いとう。誰か白クマを墓に埋めてくれへんかな」

「……で、今、肝心の藤堂さんはどこにいるの？」

尾行しているんでしょう、と氷川は清和とリキに視線を流した。清和は苦虫を嚙《か》み潰《つぶ》したような顔で黙っているが、リキがスマートフォンのモニター画面を見せる。

「藤堂とウラジーミルの影武者は福清厳浄明院《ふくせいごんじょうみょういん》に入りました」

リキが口にした通り、藤堂とウラジーミルは明かりのない高野山町石道《ちょういしみち》を進み、福清厳浄明院の門を潜《くぐ》っている。

「……え？　福清厳浄明院？」

「姐さんが推薦した寺ですね？」

「……そ、そうだけど……国宝級の素晴らしい名僧がいるって聞いたけど……本当にふたりは福清厳浄明院に？　いきなり、飛び込んで断られなかったの？」

「どうやら、藤堂は以前から福清厳浄明院に連絡を入れていたようです」

予想だにしていなかった事実に、氷川はのけぞりそうになった。傍《かたわ》らの桐嶋は顎《あご》を外しかけている。

「……え？」

「修行する気らしい」

「……ほ、本気？　藤堂さんは本気でお坊さんになるの？」

「見当もつきません」

眞鍋の頭脳ともいうべきリキが白旗を掲げた。言わずもがな、清和の渋面はますます渋くなる。

「藤堂さんが本気でお坊さんになるなら邪魔しちゃ駄目だ」

氷川が噛みしめるように言うと、桐嶋はがっくりと肩を落とした。

「……カズが坊主になるなら俺も坊主にならなあかん」

「藤堂さんより桐嶋さんのほうがお坊さんにむいていないと思う」

「生臭坊主や悪徳坊主っちゅう道があるんや」

腐れ坊主にクソ坊主に外道坊主になまくら坊主に銭ゲバ坊主にボケ坊主もあんで、と桐嶋は拝むように両手を合わせながら続けた。

「生臭坊主や悪徳坊主になる気なら出家しちゃ駄目」

「姐さん、かんにんや。見逃してぇな」

坊主丸儲《まるもう》け、坊主の不信心、坊主棒読み、と桐嶋は高らかに唱えている。確かに、世知《せち》辛《がら》い昨今、よく耳にする言葉だが。

「桐嶋さんは僕の舎弟じゃなかったっけ？」

氷川が目を据わらせると、桐嶋は姿勢を正した。

「ジブンは姐さんの忠実な舎弟でごわす」

「僕の舎弟なら生臭坊主や悪徳坊主になっちゃ駄目」

「エロ坊主は？」

元竿師《もとさおし》の俺の商売道具は姐さんのお墨付き、と桐嶋は胸を張って宣言した。

「言語道断」

「破戒坊主、っちゅう手もある」

「よく考えてみたら、悪いお坊様の名称のバリエーションが多いね」

女犯《にょぼん》や守銭奴《しゅせんど》や堕落など、悪《あ》しき言葉に『坊主』をつけたら、それで通ってしまう。

「姐さん、そないな今さらのことを言わんでもええがな」

「悪い医者の名称のバリエーションも多いけど」

「医者と坊主、双璧《そうへき》やな」

いつしか、桐嶋は氷川の隣でまどろんでいた。卓が何げなく用意した山形《やまがた》産の純米大吟醸に手を伸ばす。

つきあうように、清和やリキ、ショウも無言で極上の日本酒を呷《あお》った。

いや、つきあいではない。

清和やリキ、ショウも飲みたかったのだろう。

飲まないとやっていられない、と清和の鋭い双眸《そうぼう》からなんとも形容しがたい苛立《いらだ》ちを氷川は感じた。

幼い清和のおむつを替えたせいか、惚《ほ》れた強みか、惚れられた強みか、理由は定かではないが、氷川は無表情の清和の気持ちを読み取ることができるのだ。

清和の深淵《しんえん》で燻《くすぶ》っていた藤堂への負の感情が煮えたぎっている。桐嶋の手前、抑えているが凄《すさ》まじい。

ショウの仏頂面は極上の純米大吟醸と庄内牛《しょうないうし》のビーフジャーキーで緩んだ。桐嶋が可愛がっている若手構成員が、ニンニクのきいたギョーザとシューマイをテーブルに並べたら最高の笑顔になった。

リキはいつもとなんら変わらず、鉄仮面を被り、なんの感情も伝わってこない。

なんにせよ、これから一波乱あることは間違いない。桐嶋が東京に留《とど》まらなければならないことも。

3

どうしてそうなったのかわからないが、そうなることが自然のように、氷川《ひかわ》は清和《せいわ》やリキ、ショウとともに桐嶋《きりしま》組総本部の最上階にあるプライベートフロアで飲み続けた。当然、酒盛りの中心は桐嶋だ。

「あいつ、あいつ、あいつ、ボンボンに変わったところはなかったんや。いつもと一緒やったんたや。いつもと同じように俺の隣で起きて、俺のこさえた朝メシを食って、近所で昼メシも食ったんや。一口飲んでも二口飲んでも三口飲んでも、ワインに眠り薬が入っとうなんてわからへんかったんや。この俺がっ」

俺はなんであの時にワインなんか飲んだんや、と桐嶋は今さら後悔しても無駄なことをひたすら悔やむ。

もはや、氷川には慰める言葉も見つからない。

「桐嶋組長、藤堂《とうどう》だから上手《うま》く睡眠薬を入れたんですよ」

卓《すぐる》は根気よく桐嶋を宥《なだ》めた。

「卓ちん、なんでカズは俺を眠り姫にしたんや。眠り姫は姐《あね》さんにさせりゃええやんか」

「そうですね。姐さんを眠り姫にしてもらったほうが楽でした」

卓の嫌みがチクリと飛ぶが、氷川は清和の隣でだだちゃ豆入りのかまぼこを摘まみながら平然と流した。

「そやろ。眠り姫は姐さんの役目や。チュウで起こすんは眞鍋《まなべ》の色男の役目や。なんで、カズは俺を眠り姫にするんや。おまけに、俺をチュウで起こさへんで消えてもうた」

「藤堂ですから」

「そないに、カズはツルツルの坊主になりたかったんか？」

「藤堂は本気で出家するつもりなんですか？　貿易会社をオープンさせたばかりでしょう？」

予定より遅れたが、藤堂は眞鍋組の大黒柱である橘高《きったか》とともに貿易会社を設立した。不況という大嵐《おおあらし》の中の船出だが、なかなか好調らしい。橘高が経営にいっさいタッチせず、藤堂が舵《かじ》を取っているからだろう。

「坊主になれ、って怒鳴ってもうた。あれがあかんかったんやな。俺が言いすぎたんやな」

「それぐらいで藤堂の気持ちが変わるなら、眞鍋組は苦労しなかった」

卓が在《あ》りし日《ひ》の卑劣な藤堂組長を示唆すると、清和とショウは同じタイミングで忌《い》ま忌《い》ましそうにイカ焼きに嚙《か》みついた。宇治《うじ》も串《くし》カツを親の敵《かたき》のような目で食べる。

「カズはあんな顔して頑固なんや。姐さんのお転婆《てんば》ぶりなんか、カズに比べたら可愛《かわい》いもんや」

「うちの姐さんのほうがひどいと思います」

「カズのほうがひどいわ。俺を眠り姫にしくさって……ロシアの白クマの偽者と一緒に坊主山なんかに殴り込んで……」

桐嶋の鬱憤《うっぷん》に比例するように、日本酒の空き瓶が増えていく。藤堂がいないからか、誰もワインカーブにストックされている極上のワインに手を伸ばそうとはしない。

重々しい酒盛りは深夜の二時を回っても続く。

祐《たすく》から清和やリキのスマートフォンに連絡が入るが、眞鍋の主従コンビは風か何かのように無視していた。ショウや卓のスマートフォンの着信音も響くが、振り切るかのように山形《やまがた》産の地酒を飲み続けている。

「今、祐くんから逃げても後でますます怖くなるだけじゃないの？」

氷川が至極当然の疑問を投げると、清和を始めとする眞鍋の男たちの顔色が変わった。

一瞬にして、恐怖が渦巻く。

ただひとり、リキは普段となんら変わらず、淡々と飲んでいる。

「……姐さんが……魔女が魔女の杖《つえ》を持ったのは姐さんのせいっス……」

ショウが何かに触発されたように言うと、卓も暗い目でボソボソと続けた。

「……姐さんは……姐さんが魔女フルパワーの発端だって気づいていないんですね……姐

さんが家出する前、ここまで魔女の魔力はひどくなかったんですよ。姐さんの家出から一気にパワーアップしたんです」

舎弟たちの言葉に同意するように、清和は山形産の本醸造を注いだカップを手に大きく頷《うなず》いた。そのうえ、桐嶋までコクコクと相槌《あいづち》を打つ。

「そや、そやそや、姐さんが和歌山《わかやま》ラーメンも食われへんド田舎でじっちゃまやばっちゃまとお医者さんごっこをしとった頃、祐ちんが眞鍋の地下でひとりずつ釜《かま》で茹《ゆ》でて食って魔女化していったんや」

酒瓶がところせましと並んだフロアにいた男たちの目が、いっせいに氷川に集中する。

「……ぼ、僕のせいだって言うの？」

氷川が目を吊《つ》り上《あ》げると、ショウは恨みがましい目で頷いた。

「そうっス。魔女が魔女になったのは姐さんの家出のせいっス。イノシシがいた山奥から帰ってこねぇし……」

ばあちゃんやじいちゃんたちは元気かな、とショウは独り言のようにポツリポツリと続けた。あの日、氷川を連れ戻すため、ショウや卓といった若手構成員たちは和歌山の山奥にある病院に乗り込んだ。

もっとも、氷川にとって眞鍋組の兵隊は人手不足に喘《あえ》いでいた病院のヘルプだった。結果、老患者たちに眞鍋組の兵隊たちは感謝され、可愛がられ、今でも時たま連絡を取り合っているという。

卓は最高の出逢《であ》いと別れを経験し、和歌山は第二の故郷となっている。氷川にとっても温かな人情が流れていた和歌山は心の故郷だ。

「そういえば、高野山《こうやさん》も和歌山だね。あの時、藤堂さん……」

氷川の言葉を遮るように口が、清和の大きな手によって塞《ふさ》がれた。

同時にショウや卓、宇治は戦う男の目で立ち上がり、それぞれエレベーターと階段の前に静かに進んだ。

桐嶋は桐嶋組の組長の顔で、酒樽《さかだる》に載せられていた白鞘《しらさや》の日本刀を手にする。リキの手にも日本刀があった。

いったい何があったの、と氷川は問うこともできない。

プライベートフロアの電気が、すべて消されて暗くなる。深夜の二時、窓の外に広がる繁華街のネオンは寂しくなってきたようだ。

誰もが息を潜めている。

ミシッ、という物音が階段からした。

氷川を守るように抱いた清和から、凄絶《せいぜつ》な緊張感と闘志が伝わってくる。自然に氷川の身体《からだ》も強張《こわば》った。

コロン、と何かがプライベートフロアに転がされる。

シューッ。

白い煙がフロアに流れた途端、ぱっ、と明かりがついた。

階段から黒装束の男たちが六人、物音を立てずに侵入してくる。それぞれ、手にはスタンガンがあった。

「この野郎ーっ」

ショウと宇治がいっせいに、階段から忍んできた男たちに飛びかかる。

「……う、うわっ……」

ショウは向けられたスタンガンを難なく躱《かわ》し、覆面の男を蹴《け》り飛《と》ばした。

「お前、どこの組のもんだーっ？」

「ここが桐嶋組総本部と知っているな？」

「狙《ねら》いは桐嶋組長か？　眞鍋組の組長か？」

リキや清和、桐嶋が手を出す必要はなかった。ショウと宇治と卓、この三人だけであっという間に侵入者を屈服させる。

氷川は清和の胸でじっとしていただけだ。

「こいつらのツラに見覚えがありますか？」

卓はズラリと並べた六人の男たちの顔を桐嶋や清和、リキに向けさせた。深夜の桐嶋組総本部に殴り込んでくるなど、どう考えても素人《しろうと》ではない。

知らない奴《やつ》だ、という意味で清和とリキは無言で首を振る。ショウや宇治も初めて見る男たちらしい。

唯一、桐嶋の凛々《りり》しく整った顔が醜悪に歪《ゆが》んだ。

「……あ、あ、あ、あ、そういうことなんやな？」

桐嶋の反応に卓の顔つきが険しくなった。

「桐嶋組長、ご存じですか？　長江《ながえ》組の関係者ですか？」

「長江組の奴ちゃう。カズにいかれた田園調布《でんえんちょうふ》のボンボンや」

桐嶋の視線の先には、涙目の青年がいた。注意深く見れば、ほかの五人の男たちとは毛色が違う。

一瞬、プライベートフロアには珍妙な空気が流れる。

もっとも、珍妙な空気を氷川は独り言のような呟《つぶや》きで破った。

「……あ、罪作りな藤堂さん……」

氷川の言葉で察したのか、清和の全身から嫌悪感が発せられる。ショウや宇治、卓にしてもそうだ。

それでも、卓は頭脳派幹部候補らしく、掠《かす》れた声で桐嶋に尋ねた。

「……桐嶋組長、藤堂さんにいかれたとは……例の、あちら方面の？」

「藤堂に一目惚《ひとめぼ》れした製薬会社の社長のお坊ちゃまの俊《たかし》ちゃんや。十日前に貿易会社の仕事で出会って、三日前にカズにフェラーリをプレゼントしやがった……カズは断ったけどしつこいんや……俺が怒鳴ってもしつこいんや……スッポンみたいな根性や……」

やっぱり諦《あきら》めてへんかったんか、と桐嶋はどこか遠い目で呟く。ますます清和から漲《みなぎ》る嫌悪感が増した。

「……つ、つまり、ターゲットは藤堂さんですか？」

「田園調布のボンボンや、カズがここでおねんねしていると思って殴り込んできたんか？」

桐嶋は白鞘の日本刀を手にしたまま、床に座らされている青年に視線を流した。

「……桐嶋組長、あなたが交渉に応じてくれないから、このような手段を取ったのです。非は交渉のテーブルにつかない桐嶋組長にあります」

僕に藤堂さんを譲ってください、と製薬会社の社長の息子は堂々と言い放った。自分の言動になんの疑いも抱いていない。

「カズは俺のもんやで」

桐嶋も胸を張って言い返したが、普段の覇気は微塵《みじん》もない。何しろ、藤堂には一服盛られた挙げ句に逃げられた。

「ですから、交渉したい。いくら出せば、藤堂さんを譲渡してもらえますか？」

「カズは金に換算でけへん」

「藤堂さんの幸せのためにも、僕に藤堂さんを任せてください」

「絶対にいやや」

ふんっ、と桐嶋は胸の前で腕を組み、そっぽを向いた。指定暴力団の組長というより、どこかの子供だ。

「桐嶋組長、ご自分の立場がわかっているのですか？　長江組に依頼すれば、桐嶋組なんてすぐに潰《つぶ》せる」

長江組、という言葉が発せられた時、氷川を抱いていた清和の腕に緊張が走った。ショウや宇治、卓にも。

藤堂に焦《こ》がれる青年は、長江組を使えるだけの資金があるのか。田園調布に住む製薬会社社長の息子ならば可能なのか。

氷川の脳裏に膨大な数の製薬会社の名が浮かんだ。つい先日、製薬会社の犯罪事件に関《かか》わったばかりである。

胸騒ぎがした。

「ボン、自分の立場がわかってへんのはボンのほうやで。いいとこのボンが深夜の暴力団総本部に不法侵入しやがったんや。どんだけヤバいことをしたか、わかっとうな？」

桐嶋は威嚇するように白鞘の日本刀を持ち直した。

「警察など、いくらでも……」

時に警察という組織は権力者に膝《ひざ》を屈する。闇《やみ》の中に葬り去られた真相は星の数より多いだろう。

それは氷川もなんとなく想像できる。決してあってはならないことだけれども。

「ほんなら、警察に突きだすで」

桐嶋の言葉に呼応するように、ショウと宇治が俊敏に動いた。左右から持ち上げ、強引に立たせる。

「どうぞ」

「おかんとおとんが泣くで」

「さっさと僕を警察に突きだせばいい。藤堂さんに対する僕の愛は揺らがない」

藤堂に対する愛の宣言により、プライベートフロアに漂っていた嫌悪感が増した。ショウと宇治は地獄の亡者に対峙《たいじ》したような顔だ。

「カズは俊ちゃんのこと、なんとも思ってへんで？」

「桐嶋組長に脅迫され、監禁されているのでしょう。僕が藤堂さんを救いだす」

どこかで聞いたようなセリフだな、と氷川は清和の胸の中で思った。氷川自身、そういった誤解を受けたことがある。誤解した諏訪広睦《すわひろちか》が厚生労働省のキャリア官僚であり、麻薬取締官《まやくとりしまりかん》の兼世《けんせい》を自在に操る眉目秀麗《びもくしゅうれい》な堅物だったから大変だった。

おそらく、今でもその根本的な誤解は解けていないだろう。永遠に誤解されたままに違いない。

「けったいなことを抜かすな」

「四六時中、藤堂さんを監視して、自由をいっさい奪って……桐嶋組長の藤堂さんに対する罪は明らかです。裁かれるのはあなたです」

確かに、何も知らなければ、桐嶋は朝から晩どころか、就寝中まで藤堂を見張り、拘束しているように見えるだろう。

違うんだよ、誤解だ、藤堂さんは桐嶋さんといるべきだ、と氷川は喉《のど》まで出かかったが、すんでのところで思《おも》い留《とど》まった。口を出せる空気ではない。

何より、清和の嫌悪感と怒気を削《そ》ぐほうが先決だ。

大丈夫だよ、どうしてそんなに怒っているの、と氷川は耳元で甘く囁《ささや》きながら、清和の腕を優しく叩《たた》いた。

「おどれ、痛い目に遭いたいんやな」

シュッ、と桐嶋はとうとう日本刀を抜いた。

ギラリ。

抜き身の日本刀の先端の光が切れ味を証明している。

「桐嶋組長は長江組の構成員だったのに、組長の妻をレイプしようとして破門になったと聞きました。悔い改めるのは桐嶋さんです」

どうしてここでその話が飛びだすのか、と氷川は呆気《あっけ》に取られた。

世間的には桐嶋が極道の鉄の掟《おきて》を破ったことになっているが真実は違う。桐嶋を誘惑しようとしたものの相手にされず、腹いせに大嘘《おおうそ》をついた姐の罪だ。

桐嶋は杯を交わした極道のため、すべての泥を被《かぶ》ったまま、指を詰めようとした。

あの時、藤堂組の組長だった藤堂が金を積んでいなければ、桐嶋の指は揃《そろ》ってはいなかっただろう。

桐嶋さんが悪いんじゃない、と氷川は頬《ほお》を紅潮させて言いかけたが、清和に止められてしまった。

それが桐嶋の仁義だと知っているからだ。

「懐《なつ》かしい話やな」

桐嶋は古傷に触れられても、まったく動じなかった。

「長江組を破門された後、女性を相手にするいかがわしい仕事をしていたと聞きました。あなたは藤堂さんに相応《ふさわ》しくない」

「世間知らずのお坊ちゃまのわりによう調べた。チンピラも調達して、乗り込んできて、気張ったな」

桐嶋は感心したように言うと、日本刀を白鞘に収めて酒樽の上に置き、スマートフォンを手にした。

そして、連絡を入れた。

警察ではなく、藤堂に恋をした名家の子息の父親に。

「社長、俊ちゃんのおとんはすっ飛んでくるそうやで」

深夜にも拘《かかわ》らず、製薬会社の社長が慌てて駆けつけたのは言うまでもない。手土産《てみやげ》は一万円札がぎっしり詰まった菓子折りだ。桐嶋のみならず居合わせた清和にまで差しだした。けれども、当然のように、桐嶋と清和は一万円札の詰まった菓子折りを拒んだ。

大嵐に遭遇したような気分だ。

「あの俊ちゃんも悪いボンちゃうんや。クソ真面目《まじめ》でええボンなんや。カズに惚れたのが運の尽き……あぁ、なんで、そばにグラビアモデルやタレントがようけいたんに、三十オヤジのカズに惚れるかな」

桐嶋は瀕死《ひんし》の重病人のような顔で、藤堂に一目で心を奪われた生真面目な子息について語った。

「桐嶋さん、それが罪作りな藤堂さんだ」

氷川があっけらかんと言うと、桐嶋の顔に少し生気が戻った。

「姐さんも罪作りな姐さんやけど、カズもめっちゃあかん罪作りや」

「藤堂さんに比べたら僕はなんてことはない」

氷川がサラリと流した途端、清和を始めとする眞鍋の男たちから苛烈《かれつ》な怒気が発散された。もちろん、氷川は気にせず、静かに力んだ。

「この際、藤堂さんは本当に出家して、お坊さんになったほうがいい。これ以上、被害者を出さないために」

「……あ、姐さん……カズを坊主に？　けったくそ悪い坊主にせなあかんのか？」

桐嶋はこの世の終わりに遭遇したみたいな顔で、がっくりと肩を落とした。そのまま床にへたり込む。

「藤堂さんに名僧になってもらえばいい」

清和の仏頂面《ぶっちょうづら》はますますひどくなったが何も口にしない。しかし、氷川にはなんとなくだが、愛《いと》しい男の心情がわかる。

清和は藤堂の出家に反対していた。

それだけは間違いない。

氷川は問《と》い質《ただ》したかったが、落胆する桐嶋が哀れで、それどころではなかった。結局、その夜は桐嶋組総本部のプライベートフロアに泊まり込む。

ちょっとでも目を離したら、桐嶋が高野山に向かうことがわかりきっていたからだ。眞鍋組としてはなんとしてでも阻止しなければならない。

酒臭いプライベートフロアにショウのうるさい鼾《いびき》が響きだす。氷川は清和の温《ぬく》もりを感じながら目を閉じた。

清和くん、どうしてそんなにピリピリしているの、見張っていなくちゃ駄目なのは桐嶋さんじゃなくて清和くんだ、藤堂さんが出家してお坊さんになるのがそんなにいやなの、と氷川の思考回路はぐるぐる回っていたが、清和の寝息を聞いた途端、つられるように深い眠りに落ちた。

当然、眞鍋組総本部にいた祐が古参の幹部を締め上げていたなど、氷川は知る由《よし》もない。諜報《ちょうほう》部隊《ぶたい》を率いるサメが、祐の連絡から逃げ回っていたことも。

4

翌日の朝、いつもより早く氷川《ひかわ》は起きた。なんのことはない、桐嶋《きりしま》の地球外生命体としか思えない雄叫《おたけ》びを聞いたからだ。

並んだ酒樽《さかだる》に置かれたノートパソコンの前、桐嶋はリキに縋《すが》るように抱きついている。まずもって、お目にかかれない光景だ。

「……おはよう……桐嶋さんどうしたの？」

氷川が目を覚ますと、清和《せいわ》ものっそりと起き上がった。

「……あ、姐《あね》さん、カズがツルツル坊主」

桐嶋の人差し指の先はノートパソコンのモニター画面だ。氷川は驚愕《きょうがく》で手にした眼鏡を落としそうになった。

「……え？　藤堂《とうどう》さんが剃髪《ていはつ》したの？」

うっ、と清和は苦虫を嚙《か》み潰《つぶ》したような顔で唸《うな》っている。

未《いま》だにショウは床に敷いた布団で鼾《いびき》を搔《か》いていたが、卓《すぐる》は真っ青な顔でスマートフォンを操作していた。よくよく見れば、宇治《うじ》は桐嶋の足下にへたり込んでいる。

「……ツルツル坊主に……カズがツルツル坊主になってもうたら俺もツルピカの坊主にな

らなあかん……やろな……カズは……」

サメが率いる諜報部隊《ちょうほうぶたい》の誰かが忍んで撮影しているのか、高野山《こうやさん》にもそういったツテがあるのか、情報屋を雇ったのか、送信者は判明しないが、誰かが隠し撮りした藤堂を見せている。

「あの藤堂さんが本当にツルツル？」

氷川は慌ててモニター画面を覗《のぞ》いた。

髪の毛は一本もない。

何かの光が反射し、つるりと剃髪した頭部が光っている。

横顔がとても綺麗《きれい》な僧侶《そうりょ》だ。

髪の毛を生やし、白いスーツを着せる。

藤堂だ。

藤堂が剃髪したのだ。

さんざん眞鍋《まなべ》組を手こずらせたスマートな元ヤクザが。

藤堂さん、と氷川はずり落ちる眼鏡をかけ直し、食い入るようにモニター画面の中にいる僧侶を見つめた。

桐嶋の咆吼《ほうこう》が響き、清和の渋面《じゅうめん》がますます渋くなる。

リキはポーカーフェイスでマウスを操作し、モニター画面の画像を替えた。横顔ではなく真正面から剃髪した藤堂を見る。

端整な紳士は端整な僧侶になった。

これで藤堂に焦《こ》がれている男たちも諦《あきら》めるかもしれない。これでよかったのかもしれない。ベストかもしれない。

氷川はそう思い込もうとしたが、なんとも言いがたい違和感に気づいた。

ほんの少し、目尻《めじり》が違う。

耳の形はだいぶ違う。

本当に藤堂か。

いや、清和が執拗《しつよう》に敵視するほどの実力を持った男ではない。

藤堂によく似ているが別人だ。

「……あ、あれ？　藤堂さんじゃないよね？」

氷川が裏返った声で指摘すると、桐嶋は野獣の如《ごと》き目で答えた。

「……こいつはカズちゃう。なんや、高野山で評判の美坊主やて……カズが乗り込んだ寺の美坊主やて……」

桐嶋の言葉で氷川は和歌山《わかやま》の老患者たちから聞いた噂《うわさ》を思いだした。確か、誰もが絶賛していた名僧の跡取り息子は美貌《びぼう》の僧侶だった。記憶が正しければ『朱斎《しゅさい》』という名前だったはずだ。

「……あぁ、そういえば、福清厳浄明院《ふくせいごんじょうみょういん》の院家《いんげ》さんの跡取り息子が美坊主だって聞いた……藤堂さんに似ていたのか……」

「……世の中に自分に似とう奴《やつ》が三人おるって言うからな……カズによう似たツルツルがおっても……」

「それで、本物の藤堂さんは？」

氷川の質問に応じるように、リキは苦行僧のような面持ちで画像を替えた。不動明王《ふどうみょうおう》像の前、僧侶の後ろに作務衣《さむえ》姿《すがた》の紳士がいる。

氷川が知る藤堂だ。

「カズはツルツル坊主になる一歩手前なんかな？」

桐嶋の虚《うつ》ろな目は作務衣姿の藤堂に注がれた。氷川の背後で清和の息を呑《の》む声が聞こえてくる。

かつての宿敵の変わり果てた姿に困惑しているのだろう。

もっとも、まだ髪の毛はある。未だ藤堂の艶《つや》のある髪の毛は健在であり、ツルリと光っているのは名僧と名高い院家の跡取り息子の美坊主だ。

「……藤堂さん、髪の毛はちゃんとある。作務衣を着てお経？　ああ、朝の回診……じゃない、朝のお勤めとか？」

藤堂に作務衣は似合わないなんてものではない。滑稽《こっけい》というより、虐待されているとしか見えない。

「せや、カズが坊さんごっこをしとう」

モニター画面の中、神仏に向かって、藤堂が目を閉じ、手を合わせている。感心するぐらい、藤堂はいつもと同じように悠然としていた。

それゆえ、藤堂の本気度が伝わってくる。

「……あれ？　藤堂さんの隣にいるのはウラジーミルじゃないの？」

報告には、朝の勤行《ごんぎょう》に参加する藤堂の隣には金髪の美青年がいた。こちらも作務衣姿だ。藤堂と甲乙つけがたいぐらい似合わない。

「ロシアの白クマも坊主ごっこしとうで……」

白クマの影武者やったか、と桐嶋はぶるぶる震える人差し指で読経《どっきょう》を聞くウラジーミルを突《つつ》いた。

「本気でお坊さんになるつもりなのかな？」

モニター画面に写る藤堂から真意が読み取れない。もっとも、前々から藤堂の本心を感じることはできなかったが。

「姐さん、カズにツルツル坊主化を勧めよったよな」

「これ以上、藤堂さんが罪を重ねないように」

「カズがツルツルのクソ坊主になったら、プロレスラーも柔道選手もサッカー選手もプロデューサーも成金《なりきん》オヤジもお坊ちゃま社長も諦めてくれるんかな？　狂犬もツルツルのクソ坊主にはちゅうをねだらへんよな？」

未だに藤堂を諦めず、もがいている男たちがいる。善良な一般人より、それ相応の地位や資産を持った権力者が多いからタチが悪い。

「藤堂さんは聖職者になったほうがいい……と思うよ。たぶん、きっと、おそらく……」

モニター画面の中、神仏を前にした藤堂に後光が差して見えた。目の錯覚だ。目の錯覚に決まっている。

氷川は自分を取り戻すため、背後に立つ清和に視線を流した。

悪鬼がいる。

悪鬼そのものの男がいる。

ほかでもない、命より大切な美丈夫だ。

「……せ、清和くん？」

氷川が掠《かす》れた声で呼んでも、清和の険しい形相《ぎょうそう》は変わらない。身に纏《まと》う怒気は抗争中のものだ。

「…………」

「どうしたの？」

氷川は愛《いと》しい男の腕に手を伸ばした。

極坊主

白い手で触れると、少しだけ清和の怒気が鎮まる。けれど、背後に燃え上がっている青い炎は消えない。

「………………」

作務衣姿の藤堂を凝視する清和の双眸《そうぼう》が恐ろしい。藤堂によく似た僧侶を見つめる目も尋常ではない。

知《し》らず識《し》らずのうちに、氷川の上品な口が動いた。

「清和くんも藤堂さんと一緒にお坊さんになりたいの？」

一瞬、微妙な沈黙が流れる。

修羅《しゅら》の世界で戦う男たちの口が開いたまま固まった。

誰も何も言わない。

つい先ほどまで文句をたらたら零《こぼ》していた桐嶋の口もポカンとした状態をキープしている。

珍妙な静寂を破ったのは、ほかでもない氷川だった。

「……あ、あぁ、そうだね。清和くん、いい考えだ。お坊さんになろう」

氷川は白百合《しらゆり》と称《たた》えられる美貌を輝かせ、清和の逞《たくま》しい胸に飛び込んだ。修羅の世界で生きるより、神仏の世界で生きるほうがいいに決まっている。

しかし、清和は命のない銅像に変化した。

ひっ、と低い悲鳴を上げたのは、桐嶋の足下にへたり込んでいた宇治だ。卓は真っ青な顔でスマートフォンを落とした。

「清和くんも高野山に登ろう。僕は仕事……だけど、普通の仕事をしているお坊さんは多いんだ。僕は医者をしながらお坊さんになる。清和くんはお坊さん一本にしてね。ヤクザより絶対にいい。世のためだ」

氷川が満面の笑みを浮かべても、清和の魂は依然としてどこかに飛んでいる。さすが、と感嘆したように零したのは桐嶋だった。

「清和くん、心配しなくてもいい。清和くんはこんなにかっこいいんだもん。きっとかっこいいお坊さんになるよ。髪の毛がなくっても清和くんは誰よりもかっこいいから」

「…………」

「お坊さんになって危ないことから足を洗おうね。お肉やお魚を使わない精進料理は身体《からだ》にいいんだよ。いいことずくめだ」

パンパンパンパンッ、と氷川は勢いよく清和の胸を叩《たた》いた。卓は未だ鼾を掻いている
ショウの頬《ほお》を力任せに叩く。

宇治は縋るように桐嶋の足に手を伸ばし、リキは鉄仮面を被《かぶ》ったまま、風か何かのように無視していた。

「…………」

「拳銃《けんじゅう》や日本刀より、数珠《じゅず》や木魚を持つほうがいい。黒いスーツが似合うんだから、雲水ルックも似合うよ。自信を持って」

氷川は周囲に可憐《かれん》な花を咲かせながら、生気のない清和を鼓舞するように叩いた。それでも、眞鍋組の二代目組長の魂は戻らない。

パンパンパンパンパンパンッ、という卓の激しい往復ビンタの連打により、ようやくショウが目を覚ました。

「……あ？　朝メシはなんだ？　俺はカツ丼《どん》がいい」

「ショウ、姐さんが二代目を坊主にさせようとしている」

卓の口から眞鍋組二代目組長の危機を聞いた瞬間、ショウは両生類の断末魔の如き声を上げて布団から飛び上がった。

「……あ、あ、あ、あ、姐さん、二代目をツルツルにしちゃ、駄目っス。俺たちまでツルツルにしなきゃ駄目じゃねえっスかーっ」

二代目が坊主になっても俺は坊主にならない、という考えはないらしい。ショウは忠誠を誓った清和にどこまでもついていくつもりだ。

固い絆《きずな》で結ばれた親分子分である。

思わず、氷川は感動してしまった。

「ショウくん、いい考えだ。最高のアイディアだよ。清和くんだけじゃなくて、ショウくんも宇治くんも卓くんもリキくんも、みんな、出家してお坊さんになったらいい」

氷川の思考回路が斜め上にかっ飛び、もはや氷川自身にも制御することができない。何しろ、最高の未来に辿《たど》り着《つ》いたからだ。

「……あ、あ、姐さん？」

「眞鍋組はこれで解散。真言宗《しんごん》の眞鍋寺にしよう。これで『人間のクズ』とか『社会のクズ』とか、ひどいことを言われなくてもすむよ。人を助けておきながら、罵《ののし》られるなんて割に合わないでしょう」

「……や、や、俺たちは男の……男の世界……」

俺も二代目も男の世界で生きている男っス、とショウは持てる力を振り絞って異議を唱えた。

「お坊さんも男の……えっと、尼さんもいるけど、大半は男のお坊さんだし、確か真言宗のお寺って女性は継げなかったんじゃないかな……あれ？　高野山のお寺が女性は継げないんだったかな……まぁ、どっちでもいいや。どっちでもいいけど、お坊さんの世界も男の世界みたいなものだから」

氷川は極道と僧侶の世界を男の世界で一括《ひとくく》りにした。ショウの反論など、まったく意に介さない。

「違うっス」

「ショウくん、今日からお坊さんになる修行だ」

「絶対にいやっス」

ショウは血走った目で、二代目姐に逆らった。普段は暴走族上がりのヤクザと思えないぐらい最高の礼儀を払っているのに。

もっとも、氷川の耳にショウの拒絶は届かない。

「そのヤンキーみたいな髪の毛、綺麗さっぱり剃《そ》ろうね」

「ツルツルになったら、女にモテねぇっスよーっ」

「女の子にモテなくなったらいいじゃないか……」

そこまで言って、はた、と氷川は愛しい男の髪の毛を見た。今さらながらだが見つめた。何しろ、命より大切な美丈夫は立っているだけで数多《あまた》の美女を魅了する。けれども、髪の毛がなかったらどうだろう。

「……清和くんは髪の毛がないほうがいい……髪の毛がなくても綺麗な女の子にモテるだろうけど、今までみたいなモテ方はしないかもしれない……少しは落ち着いてくれるかもしれない……」

楚々《そそ》とした氷川の美貌に狂気が走った。そっ、と酒樽に置かれていた白鞘《しらさや》の日本刀に手を伸ばす。

「……あ、あ、姐さん？」

怖いもの知らずの特攻隊長が凍りついた。

清和は氷川の前で硬直したままだ。

「清和くん、髪の毛を切ってあげるね」

スッ。

氷川は白鞘の日本刀を抜いた。

「清和くん、危ないから動かないでね」

氷川は抜き身の日本刀で清和の髪の毛を狙《ねら》う。

「………………」

「えいっ」

シュッ。

氷川は愛しい男の髪の毛を切っ先で切った。

ハラリ、とほんの少しだけ。

いや、もっと大量に切るつもりだったのに切れない。やはり、日本刀で剃髪は無理がありすぎる。

「……あ、日本刀じゃ、お坊さんの頭にできない。剃刀《かみそり》じゃないと……」

氷川は日本刀を眺め、溜《た》め息《いき》をついた。

さっさと清和を剃髪させたい。一刻も早く、清和に極道を引退させたい。坊主頭になれば、諦めて御仏の道に進むのではないか。

「……ひっ……ひっ……ぐぇぇぇぇぇぇぇぇぇぇーっ、ぐぅぉほっほほほっほーっ、ひぇぇぇぇーっ」

どんな敵にも怯《おび》えることなく飛び込んでいった鉄砲玉が腰を抜かす。宇治は桐嶋の足に縋りついたまま白目を剥《む》いた。

卓は空になった酒瓶に同化している。

いや、微《かす》かに残っていた根性を振り絞り、リキの上着の裾《すそ》を引っ張った。清和の右腕ともいうべき虎《とら》が最後の砦《とりで》だ。

「……リ、リキさん、姐さんに……」

卓の裏返った声により、氷川とリキは視線を交差させた。

「リキくん、清和くんがお坊さんになるのに文句があるの？　武田信玄《たけだしんげん》だって、上杉謙信《うえすぎけんしん》だってお坊さんだよ？」

どうしてここで戦国武将の名が出てくるのか、もはや氷川自身、わけがわからない。ただ、光明の先には僧侶がいる。

「姐さん、俺は二代目に命を捧《ささ》げました」

リキの頑《かたく》ななまでの忠誠心は疑いようがない。

「知っている」

「俺は二代目の意志に従うまで」

リキの今後は清和にかかっている。

「清和くんはお坊さんになる。そのつもりで」

氷川が高らかに宣言すると、ショウの全身から赤い血や体液、そういった類いのものがすべて抜けた。ゾンビが一匹。

卓と宇治を合わせたらゾンビが三匹。

何しろ、ゾンビ三匹は組長夫妻の力関係を熟知している。どこにどう飛んでいくかわからない核弾頭の威力もよく知っていた。

「桐嶋さん、剃刀を貸して」

氷川が慈愛に満ちた微笑を浮かべると、桐嶋は呆《あき》れたように髪の毛を掻き上げた。

「姐さん、今日、仕事は休みちゃうやろ？」

桐嶋に指摘され、氷川は慌てて時間を確かめた。本来ならば、今頃、朝食を片づけ、ネクタイを締めている。

「……あ、こんな時間だ。遅刻する」

「姐さんを待っている患者さんがようけおるんやろ。こっちのことは気にせんと、行ってやってぇな」

「……いつもは仕事を辞めろ、とかぶつくさ言うくせに」

氷川は奥の部屋で身なりを整えると、送迎係のショウや宇治、卓は床で伸びていた。ツルツルのつるっパゲ、二代目の根性なし、と虚ろな目でブツブツ呟《つぶや》いているのはショウだ。

「姐さん、イワシに送らせます」

リキの視線の先には、お辞儀をするイワシがいた。諜報部隊に所属する気持ちのいい青年だ。

「イワシくん、清和くんはお坊さんになることが決まったから」

「姐さん、そのお話はまた後で」

イワシに急《せ》かされるまでもなく、朝の回診の時間が迫っている。氷川は足早に桐嶋組総本部を後にした。

氷川が内科医として勤務する明和《めいわ》病院はいつもとなんら変わらない。担当している入院患者の回診の後、せわしない外来診察が始まった。

「氷川先生、私も忙しい身なのです。今日は二時間も待たされたのですぞ」

常連患者の大半は付近に広がる高級住宅街の住人であり、医者に対しても権力を行使しようとする。

「皆さん、お待ちになっていますから」

バーコード頭の社長は憤慨しているが、氷川はまったく動じなかった。担当看護師として傍《かたわ》らにいる鈴木《すずき》浩《ひろし》こと兼世《けんせい》にしてもそうだ。

バーコード頭の次は頭部に前髪しか残っていない男性だった。その次は後頭部にしか髪の毛が生えていない男性だ。どういうわけか、今日の外来診察は脱毛している患者が多い。

「氷川先生、内科よりハゲ外来の診察を受けたほうがいい患者が続きますね」

兼世に小声で耳打ちされ、氷川は内科医として注意した。

「兼世くん……じゃない、鈴木くん、なんてことを言うのですか。第一、ハゲ外来なんてありません」

「ハゲ外来はないんですか？」

「自費診療のクリニックならあるかもしれません」

昨今、自費診療による再生医療の分野は多岐に亘《わた》り、髪の毛の再生も研究され、発達しているはずだ。

「ハゲ治療を勧めないんですか？」

「なぜ？」

氷川が怪訝《けげん》な顔で尋ねると、兼世は不思議そうに答えた。

「氷川先生は患者さんに厳しく食事を注意するから」

「食事制限が必要な患者に食事の注意は必要だけど、脱毛症の患者に頭髪治療を勧める必要はない」

「ハゲも病気じゃないんですか？」

「ホルモンバランスや内臓……そういったところから脱毛……ううん、こんなことに頭を使わなくてもいい。次の患者さん」

続く時には続くものなのか、頭部に一本の髪の毛もない中年の患者が現れる。スーツ姿だからわからなかったが、よくよく話を聞けば僧侶だ。

「……あぁ、お坊さんですか」

「坊主姿で病院に行くといやがられるので……」

ゴホッゴホッゴホッ、と中年の僧侶は苦しそうに咳《せ》き込《こ》む。熱もあるし、見るからに辛《つら》そうだ。体調が悪かったのに、葬式や法要が重なり、無理を重ねたらしい。

「声帯まで傷めています。治るまで時間がかかります。喉《のど》を酷使せず、安静にしていてください」

氷川は喉を診《み》て、絶対安静を言い渡した。

「……行で体調を崩すなんて私も歳《とし》だ」

「行？」

「滝行《たきぎょう》です」

冷たい滝に打たれる修行が、氷川の眼底に再現された。

「お坊さんも大変ですね」

「昔に比べたらだいぶ楽になりましたよ」

中年の僧侶が弥勒菩薩《みろくぼさつ》のような笑みを浮かべると、自然に手を合わせたくなるような雰囲気があった。

診察後、診察室には一種の爽快感《そうかいかん》が漂う。

「お坊さんはいい選択かもしれない」

つい、氷川はポロリと零してしまう。

「マジに言っていやがる……ですか？」

早くもやり手の麻薬取締官《まやくとりしまりかん》は、眞鍋組を揺さぶっている僧侶騒動を知っているようだ。

「もちろん。清和くんなら滝行も耐えられると思う」

リキにしろショウにしろ宇治にしろ卓にしろ、ハードな修行も楽にクリアできるはずだ。氷川の胸は弾む。

「坊さんも体力勝負なところがありますよね」

「清和くんならお経も暗記できるはず」

問題はショウくんにお経が暗記できるか、と氷川の心の中では着々と眞鍋組の寺院化が進んだ。

「お経?」

「……うん、お経の読めない坊主、っているからショウくんでも大丈夫だ」

氷川は巷《ちまた》にはびこる僧侶の一例を思いだした。

「お経なんか読みたくねぇと思うぜ」

「卓くんなら卒塔婆《そとば》を書くの得意だろうね。御朱印も得意のはず」

眞鍋組構成員たちの僧侶化も進むが、氷川は内科医に戻った。めまぐるしい午前診の最中にのんびりしていられない。

兼世も看護師の顔になり、次の患者名を快活な声で呼んだ。

ハードな午前の外来診を終え、氷川は医局で遅い昼食を食べた。昨夜、桐嶋組総本部で日本酒を飲みながらあれこれ食べたので胃が重い。無添加の野菜ジュースと製薬会社の営業がおいていったゼリーで充分である。

依然として、医師たちの話題は若い女性だ。メディアで好感度抜群の女性タレントや人気絶頂の美人女優の不倫が非難されようが、妻子持ちの国会議員やタレント教授が愛人問題で突き上げられようが、医師たちは嬉々《きき》として女遊びに没頭する。一概には言えないが、おしなべて医者の女癖は悪い。明和の医師たちも例外ではなく、仕事一筋に徹している氷川はだいぶ浮いていた。

けれども、今さらの話だ。

「……そういや、昨日、製薬会社の連中と銀座《ぎんざ》のクラブに行ったら、坊主めくりの世界だった。客が坊主しかいない」

女好きの代名詞と化している外科部長がしみじみとした口調で言うと、ほかの医師たちも同調するように頷《うなず》いた。

「あぁあぁ、そうだよ。六本木《ろっぽんぎ》のキャバクラでも座っているのは坊主と姫ばかりだ。不況に強いのが坊主商売らしい」

「そういえば、横浜のクラブでも客は坊主ばかりだった。坊主は儲《もう》かるんだな」

「坊主丸儲け、人が死ねば金になるから」

私たちは人の命を預かっている、という医師独特の自尊心が心臓外科医から飛びだした。医局にいた医師たち全員、同調するようにコクリと頷く。

お坊さんもいろいろと言われるけどヤクザよりマシだ、と氷川は心の中で暴力団に対する罵倒《ばとう》を思いだした。

「あぁ、そうだ、坊さんで思いだした。今、葬祭ディレクターとか、葬式プロデューサーとかいるんだってな？　遺族の感情につけこんでえげつない商売をするとか？」

「私もその葬式ビジネスの新しい形態は聞いた。明和にも営業マンが日参しているはずだ」

私は断固として反対する、と眼科部長が力説するや否や、ほかの医師たちも競うように同調した。

「営業マンの接待攻勢と賄賂《わいろ》が物凄《ものすご》いらしい。将を射んとすれば馬を、の諺《ことわざ》通り、院長の下や周りからじわじわと接待包囲網を狭めている」

ミスコンテスト一位の女子大生やモデルが賄賂だ、と外科部長は小声でひそひそと話しだした。

どうも魅力的な賄賂に魅《ひ》かれているようだ。

「これからは製薬会社や医療メーカーの営業より、葬儀会社の営業に注意しなければなりませんね？」

「賄賂の女の子だけもらって逃げる、この手をみんなで考えないか？」

外科部長の提案に一際女癖の悪い医師たちが乗った。

「さすが、外科部長、いい考えだ。俺たちに権限はない、で逃げられるからな。いったいどこの葬儀会社の接待に素人《しろうと》の若い美女がついてくるんだ？」

「菩薩真金剛《ぼさつしんこんごう》葬儀社だ。偽坊主を派遣するから、絶対に明和でビジネスをさせるな。女の子と遊んだら逃げろ」

「あぁ、菩薩真金剛葬儀社は私の後輩のバイト先の病院に入っている。宗派はめちゃくちゃで偽坊主が下手《へた》なお経をあげるらしい。広告で宣伝していた安い葬儀料にオプションで馬鹿《ばか》高い追加料金を加算していく悪徳葬儀社だ」

「ああ、今は本物の坊主がその悪徳葬儀社と手を組んで、遺族から馬鹿高い葬儀料や坊主料金をふんだくっているぜ」

いつしか、医局は僧侶の話題一色になった。未だかつて僧侶の話でこんなに盛り上がったことはない。

清和くんは悪徳坊主にはならない、眞鍋寺は悪いお寺にしないから、と氷川は心の中で固く誓った。


普段と同じように、氷川は内科医として日常業務をこなす。夕方の回診を終え、医局に戻る途中、スタッフに化けた諜報部隊のメンバーを見つけた。それもひとりやふたりではない。今朝、明和病院まで送ってきてくれたイワシにシマアジにタイ、入院患者に扮《ふん》したメンバーまでいる。

その半面、ショウや宇治、卓や吾郎《ごろう》といった清和が特に目をかけている舎弟たちの姿はない。卓以外、閑散とした病院では悪目立ちする男たちだが、どんなに楽観的に考えてもおかしい。異常事態発生のシグナルではないのか。

傍らにいる兼世の顔から爽《さわ》やかさが消える。

「……どうしたんだろう」

君なら何か知っているのか、と氷川は胡乱《うろん》な目で兼世を見上げた。折しも、白い廊下に人はひとりもいない。

「眞鍋の奴ら、坊主になるのがいやで逃げだしやがった」

「……え？」

氷川がきょとんとした時、進行方向から院長がやってきた。いつにも増して、威厳に満ちあふれている。

「氷川先生、いいところで会った。いいかね？」

「はい」

「プライベートについてあれこれ言いたくないが、暴力団となれば無視できない。君が暴力団と親しく交流があるという投書がいくつもあった」

とうとうきたか、と氷川は腹を括った。

前代未聞の珍事なんてものではない男の姐ゆえ、極道の正式な場に顔を出すことはなかったが、氷川は眞鍋組の二代目姐として遇されている。氷川が不夜城を出歩くことは滅多になかったが、顔を隠したりはしなかった。

「そうですか」

「どうなのかね？」

明和病院は都内でも有数の大規模総合病院であり、勤務しているというだけでそれ相応のステイタスを得る。明和の医師というブランドは強く、信頼も格段に上がった。それゆえ、明和の医師はいろいろと利用される危険がある。氷川の前任者、正確には後任者だが、若い内科医による薬の横流しにより、院長の監督不行き届きが取り沙汰《とざた》されていた。それを踏まえての詰問だろう。

「暴力団ではありません。お寺です。お寺の関係者と親しく交流させていただいています」

近日中に眞鍋組は眞鍋寺に変わる。嘘《うそ》はついていない。どんな手を使っても、眞鍋組総本部を眞鍋総本山にする。

「お寺？　お寺なのかね？」

ふと、氷川は院長に違和感を抱いた。

目の前にいるのは院長だ。院長以外の何者でもない。どこからどう見ても院長だが、氷川の目は見抜いた。

　すっ、と院長に向かって手を伸ばす。

「……な、何をするのかね？」

　氷川は院長の髪の毛を力任せに引っ張った。ウイッグだとばかり思ったのだ。

「サメくんでしょう。どうしたの？」

　氷川が険しい顔つきで指摘すると、院長から一瞬にして威厳が消えた。ポロリ、と目から大粒の涙が零れ落ちる。

「……氷川先生、どうしてわかるのぅ？　渾身《こんしん》の変身だったのよぅ？　どんだけ時間をかけたと思っているのよぅ？」

　サメがさめざめと泣くと、兼世は感服したように言った。

「姐さん、すげぇ。俺はサメだって気づかなかった」

　院長だと思って緊張したぜ、と兼世は完全に爽やかな看護師の仮面を外す。

「マトリ、感心している場合じゃないわよぅ。どうしてうちの姐さんは変な特技ばかり持っているの？　あの木蓮《もくれん》の変装だって見破るのよぅ？　爆弾だって作っちゃうのよぅ？　今回はハゲの軍団を作ろうとしてるのよぅ？」

「変な姐さんだから」

　兼世の氷川に対する評価はひどいが、サメは同調するようにコクコクと首を上下に振った。

「そうね。変な姐さんだから変な特技を持っているのね。悪の味方ライダーマンみたいな麻薬Gメンもたまにはいいことを言うわね」

「眞鍋の奴らの忍耐力がすげぇな。どんな暴君にでもつきあえるぜ」

「いやぁねぇ。暴君のほうがまだマシよぅ。よりによって、ハゲのススメなんてーっ」

尊大な院長の姿でサメのオカマ口調はきつい。氷川は顔を引《ひ》き攣《つ》らせ、サメと兼世の会話を終わらせた。

「くだらない話は終わり。いったいどうしたの？」

「清和お坊ちゃまの坊主命令を取り下げてほしいの」

いったい何があったのか、サメの恨みがましい目には並々ならぬ怨念《おんねん》が込められていた。深夜の丑三《うしみ》つ時《どき》に五寸釘《ごすんくぎ》を打ちつけられているような。

「まさか、清和くんやショウくんたちはお坊さんになるのがいやで家出したの？」

氷川が素《す》っ頓狂《とんきょう》な声を上げると、サメと兼世は同時にぶはっ、と噴きだした。ふたりとも手で口を押さえる。

「名目上、姐さん命令で高野山に向けて出立」

サメは口を手で押さえたまま、くぐもった声で言った。兼世の双眸が鋭くなるが、氷川の前には大日如来《だいにちにょらい》と薬師如来《やくしにょらい》がセットで現れる。

……そんな感じだ。

「……え？　もう？　これで眞鍋組は眞鍋寺だね？」

氷川の周りに蓮華《れんげ》が飛ぶと、サメの顔は餓鬼《がき》の如く歪《ゆが》んだ。

「姐さん、とっても嬉《うれ》しそうね」

「うん、僕も帰って準備をする。サメくんもさっさと着替えて、お坊さんになる準備をしてほしい」

「アタシもツルツルにしなきゃ駄目なのぅ？」

「当たり前でしょう。サメくんだったら芸人根性で、きっと誰よりもお坊さんらしいお坊さんになれるよ」

毎度、サメの芸人根性には目を見張るものがある。今さら僧侶ぐらい、なんてことはないだろう。

「芸人根性でもツルツルにするのはいやだわ」

「もうなんでもいいから早く」

氷川がロッカールームに足早に歩きだすと、兼世とサメは何やら小声で話しだした。それも氷川が理解できない中国語だ。

ふたりが醸しだす空気は痛いぐらい冷たい。

「サメくん、兼世くん、僕に聞かれたくない話をしているの？」

氷川が胡乱な目で見据えると、サメと兼世はどちらともなく笑った。降参、とばかりにふたりは手を挙げる。

「サメくん？　兼世くん？　どうしたの？」

「姐さん、俺も諜報部隊の大将も名うてのプロも断言できない。プロ連中が全員でタッグを組んでもわからないと思う」

兼世はシニカルな笑みを浮かべると、さりげない仕草でスマートフォンを取りだす。そのモニター画面を見せた。

「……藤堂さんとウラジーミル？　高野山？」

モニター画面には作務衣姿の藤堂とウラジーミルが映しだされていた。ワインと美食に慣れ親しんでいるのに、粗食を食べている画像が何枚もある。モニター画面には白装束で水を被っている藤堂とウラジーミルもいた。

「高野山の藤堂とウラジーミルの影武者だ」

あのウラジーミルはウオッカなしでいられない、と兼世は自分に言い聞かせるように続ける。

「お水を被って……これは水行？　あの藤堂さんがそんなことをしているの？」

「姐さん、姐さんの炯眼《けいがん》を頼る。このウラジーミルは本物か？　偽者か？」

一瞬、質問の意図がわからず、氷川は惚《とぼ》けた面持ちで聞き返した。

「……え？」

氷川が兼世と院長に扮したサメを交互に眺めた時、廊下の端に内科部長が現れた。その瞬間、サメは威厳の塊《かたまり》と化し、さりげなく背を向ける。内科部長と接したくないのだろう。

氷川は挨拶《あいさつ》代《が》わりの会釈を内科部長とした。

どこがどうとは言えないが、何かが確実に違う。

「……え？　あの内科部長も内科部長じゃない？　誰かの変装だよ？　木蓮さん……じゃないと思うけど……」

氷川が裏返った声で指摘した途端、サメと兼世は内科部長に向かって走りだした。物凄い勢いで。

同時に内科部長も逃げる。

あっという間に、氷川の視界から誰もいなくなった。

「……い、いったい何が起こっているの？」

皆目、氷川には見当もつかない。

ただ、清和や眞鍋組の男たちが出家に前向きならば嬉しい。氷川は早足でロッカールームに向かった。

5

氷川《ひかわ》は朝と同じように、イワシがハンドルを操る黒塗りのメルセデス・ベンツに乗り込む。いつになく、イワシは周囲に注意を払っていた。

難なく明和《めいわ》病院が建つ小高い丘を下りる。

「イワシくん、サメくんが院長のふりをして病院にいた。知っているよね？」

氷川がお天気の話のように言うと、イワシはハンドルを右に切りながら答えた。

「はい」

「サメくんはいったい何をしに来たの？」

氷川が呆《あき》れ顔《がお》で聞くと、イワシは軽く笑った。

「本人に聞いてください」

「答えたくないようなことをしに来たの？」

「それすらもわかりません」

サメはいつも飄々《ひょうひょう》として摑《つか》みどころがないものの、清和薫進《せいわばくしん》の最大の理由と目されている諜報部隊《ちょうほうぶたい》を作り上げた。若いと侮《あなど》られ、敵が多かった清和は、常に情報戦を制してきたから勝ち続けたと言っても過言ではない。サメと諜報部隊の暗躍がなければ、不夜城の覇者は清和ではないはずだ。

「イワシくん？　何を誤魔化《ごまか》そうとしている？　兼世《けんせい》くんもおかしなことを言っていたし……」

氷川は高野山《こうやさん》にいるウラジーミルに関する質問を思いだした。

「松原《まつばら》兼世、食えない奴《やつ》です」

初めて兼世に会った時、彼は眞鍋《まなべ》組と何かと縁のあるホストクラブ・ジュリアスの新人ホストだった。店内の中央で歌って踊っていたものだ。軽薄なホストが麻薬取締官《まやくとりしまりかん》であり、氷川は腰を抜かさんばかりに驚いた。清和やリキは言わずもがなサメにしても、諜報部隊のメンバーにしても、兼世の素性に気づかなかったらしい。見事な化けっぷりだった。

「知っている」

「松原兼世以上に藤堂和真《とうどうかずま》は食えない奴です」

「藤堂さん？　イワシくんまで未《いま》だに藤堂さんのことを疑っているの？」

「イジオットとの縁がなければ信用……は難しいですが、警戒する必要はなかったでしょう。今の藤堂にかつての不気味さはない」

不気味、とスマートな藤堂を称したイワシに氷川は仰天した。けれど、今はあえてそれには触れない。

「藤堂さんはウラジーミルをどうする気？」

「ウラジーミルは藤堂をどうするのでしょうか？　イジオットの日本攻略の急先鋒《きゅうせんぽう》だとしか思えないのですが？」

ウラジーミルと藤堂の力関係は比べるまでもない。

「ああ、藤堂さんは流されただけかな」

「今も高野山で藤堂はウラジーミルに流されているのですか？」

心なしか、イワシの声音に緊張が走った。いつしか、車窓の向こう側には眞鍋組が牛《ぎゅう》耳《じ》る街が広がっている。

「イワシくん？　何を僕から聞きだしたいの？」

氷川がズバリと指摘すると、イワシはハンドルを握り直してから言った。

「俺が知る限り、木蓮《もくれん》の変装を見破ったのはシャチと姐《あね》さん、ふたりだけです」

かつて諜報部隊にはシャチという凄腕《すごうで》の男がいた。サメも見逃した一流の情報屋の変装を見破ったのがシャチだ。

「うん、シャチくん、帰ってきてほしいね」

諜報部隊はシャチが抜けた穴が大きく、未だに体制を立て直せないという。どこで何をしているのか、不明だが、窮地に陥《おちい》れば助けに現れてくれると踏んでいた。シャチという男はそういう男なのだ。

「シャチのことはおいておいて」

「うん？」

「姐さんの判断を待っている奴らが多い。香港《ホンコン》マフィアもマトリも姐さんをずっとマークしています」

イワシは感情を込めて明かしたが、氷川は何がなんだかわからなかった。

「イワシくん、はっきり言ってほしい」

氷川が急《せ》かすように手を振ると、イワシは意を決したような顔をした。最も言いたいことを口にするのだ。

「高野山で藤堂と一緒にいるウラジーミルは本物ですか？　偽者ですか？」

イワシに何を言われるのか、身構えていたから拍子抜けした。

「……え？　……あぁ、兼世くんと同じ質問？」

「姐さんならわかるのではないですか？」

「……ほかのひと……みんな、ウラジーミルの影武者だって言っていたけど？」

いくらウラジーミルでも香港マフィアの楊《よう》一族との交渉を影武者に任せるとは思えない。氷川が首を傾《かし》げた時、車窓の向こう側に由々しい光景が見えた。

「イワシくん、止めて」

ドンドンドンドンッ、と氷川は車窓と運転席の背もたれを同時に派手に叩《たた》く。

「できません」

イワシの視界にも入っているはずなのに、ブレーキを踏もうとはしない。このまま清和と暮らしている眞鍋第三ビルに進むつもりだ。

「止めてくれなかったら車を爆破させるよ」

氷川が目を吊《つ》り上《あ》げ、ゴソゴソと鞄《かばん》の中を探った。

「姐さん、今日も爆発物をお持ちですか？」

イワシの声に恐怖が混じる。

「二代目姐の嗜《たしな》みです」

氷川が澄まし顔で言うと、イワシは観念したようにブレーキを踏んだ。すかさず、氷川は後部座席から飛びだした。

何せ、ショウや宇治《うじ》といった眞鍋組の構成員たちが、托鉢中《たくはつちゅう》の僧侶《そうりょ》に暴力を振るっているのだ。よくよく見れば、ショウは托鉢のお金を巻き上げている。

断じて許せない。

なんとしてでも、止めなければならない。

「ショウくん、宇治くん、何をやっているの？　お坊さんになるのにお坊さんをいじめてはいけませんーっ」

ラーメン屋の看板の陰には、頭脳派幹部候補として期待されている卓《すぐる》までいた。箱根《はこね》の旧家出身の子息は、理不尽な暴力には加担しないタイプなのに。

「……げっ、姐さん？」

ショウは白百合《しらゆり》に称《たた》えられる二代目姐を見た瞬間、血相を変えた。宇治はそれまで締め上げていた僧侶を、ランジェリーショップの壁に放り投げる。

「……どわーっ、姐さんだーっ」

「姐さん襲来、逃げろーっ」

卓はラーメン屋の看板の陰から手を振り、ショウや宇治を呼ぶ。その足下には血まみれの僧侶がいた。

「……ちょっ、ちょっと待ちなさい」

清和と氷川に命を捧《ささ》げた兵隊たちが蜘蛛《くも》の子を散らすように逃げる。言うまでもなく、氷川の足で眞鍋組の精鋭たちを追いかけられない。

「姐さん、ツルツルはいやっス」

ショウはタイ料理店の塀を軽々と乗り越えた。

「ショウくん、お坊さんになる気で高野山に向かったんじゃなかったの？」

「違うっス」

「もう、お坊さんをいじめるなんて許しません。今日中にお坊さんになって悔い改めなさいーっ」

僕が髪の毛を剃《そ》るからねーっ、と氷川がヒステリックに叫ぶと、塀の向こう側から無間《むげん》地獄《じごく》に落ちた亡者の呻《うめ》き声《ごえ》が聞こえてきた。

確かめるまでもなく、眞鍋組の精鋭たちの声だ。

「ショウくんや宇治くんがこんなことをするとは思わなかった……卓くんまでお坊さんをいじめるなんて……」

氷川はショウが踏みつけていた僧侶に駆け寄った。

「大丈夫ですか？」

返事はない。

宇治が締め上げていた僧侶も、卓の足下で倒れていた僧侶も、気を失っている。流れ続ける血の量に、氷川は清楚《せいそ》な美貌《びぼう》を曇らせた。

「……肋骨《ろっこつ》が折れている？」

氷川はショウが僧侶の肋骨を折ったことに気づく。それも一本や二本ではない。

「姐さん、ヤバいからやめてください」

つい先ほど、逃げていったショウの声に振り返る。すると、ショウは頭に古い中華鍋《ちゅうかなべ》を被《かぶ》っていた。

「……ショウくん？」

ショウの背後に立つ宇治も頭部をステンレス製の両手鍋でガードしている。卓は工事現場用のヘルメットを被っていた。

どんな抗争にも怯《おび》えずに立ち向かう兵隊たちの腰が引けている。

「姐さん、そいつらは坊主じゃないっス。偽坊主っス」

一瞬、何を耳にしたのか理解できず、氷川は怪訝《けげん》な顔で聞き返した。

「……え？」

「偽坊主が眞鍋のシマと桐嶋《きりしま》のシマで托鉢のふりをしてシャブをさばきやがった」

「……偽のお坊さんが覚醒剤《かくせいざい》？」

「藤堂っスよ。藤堂がまたやりやがった」

ショウは忌《い》ま忌《い》ましそうに舌打ちすると、地面に倒れていた偽坊主を蹴《け》り飛《と》ばした。

ぐっ、という低い悲鳴とともに血飛沫《ちしぶき》が飛び散る。

「ショウくん、乱暴はやめて」

氷川が金切り声を上げるや否や、卓がショウを切々とした調子で咎《とが》めた。

「ショウ、姐さんの前だ」

卓はショウから氷川に視線を流した。

「姐さん、藤堂はヤクザ時代、偽坊主を使ってシャブの密売をしていました。サツも坊主には甘くなるし、眞鍋もほかの組の奴らもまったく気づかなかった」

藤堂の偽坊主ルートが叩きだした利益は半端じゃない、と卓はヘルメットを押さえながら続けた。

「藤堂さんは一般人になった」

　過去は過去。

　これ以上、過去を突《つつ》かないでほしい。氷川の切実な願いだ。

「何があったのか、理由は知りませんが、藤堂は大きな数字を出していた偽坊主ルートを消滅させせました。それ以来、偽坊主ルートで覚醒剤が密売された形跡はありません」

　サメさんの調査でも不明、サメさんが調査に手を抜いた形跡あり、と卓は独り言のように呟《つぶや》いた。

「うん、そうだよ。藤堂さんは一般人になったから」

「ただ、何名か、偽坊主ルートのメンバーは残っています。藤堂と縁が切れたとも思えない。案の定、今回、藤堂の高野山行きと同時にかつての偽坊主ルートの偽坊主が現れました」

　卓は地面で血を流している偽僧侶たちを視線で示した。ショウや宇治から漲《みなぎ》る怒気が強くなる。

「……藤堂さんの命令じゃないと思う」

「姐さん、藤堂はそんな甘い男じゃない。小汚い罠《わな》は大得意です」

「藤堂さんは運のない男です。上司運もない男だし、部下運もない男だ。きっと、藤堂さんの命令を無視して悪いことをした偽のお坊さんたちだ」

藤堂は資産家の跡取り息子として生まれ、何不自由なく育っている。それなのに、貿易会社を経営していた父親に、生命保険金目当てに殺されかけた。すんでのところで救ったのが桐嶋だ。

家を飛びだし、桐嶋と一緒に上京し、暴力団の組長に気に入られてヤクザになった。桐嶋の反対を押し切って。

だが、あまりにも有能すぎたせいか、自分が命を捧げた組長に始末されそうになった。

藤堂は苦渋の選択を強いられている。

組長にも恵まれなかったし、舎弟にも恵まれなかった。

そんな藤堂とは裏腹に、清和のもとには素晴らしい舎弟たちが集まった。頼もしい義父《ちち》の存在も大きかった。

清和と藤堂、意識し合うふたりが歩んできた極道としての道はまるで違う。

「姐さん、全員、藤堂の指示で動いたそうです。吐きました」

録音したのか、卓はスマートフォンを手にした。

もっとも、氷川はここでわざわざ聞くつもりはない。

「偽のお坊さんたちが嘘《うそ》をついているんだ。藤堂さんに罪を被せて、自分たちは逃げようとしている」

「姐さん、どうして今回、藤堂が高野山に行ったかわかりますか？」

「出家するためでしょう」

「偽坊主ルートではなく本物の坊主ルートを作り上げるため、だとは思いませんか？」

東洋であれ西洋であれ、古《いにしえ》より聖職者による犯罪は後を絶たない。欲に目がくらむ僧侶がいても不思議ではない。先の見えない不況の嵐《あらし》は各界を苦しめているが、御仏の世界も例外ではない。経済的に逼迫《ひっぱく》し、追い詰められた挙げ句、犯罪に加担するケースもあるかもしれない。いや、巧妙な手口で誘い込まれるのかもしれない。

「絶対に違う」

「イジオットの日本攻略は着々と進められている。高野山、という日本屈指の霊峰ブランドは最高の目くらましになる」

「僕は藤堂さんを信じる。もし、藤堂さんが坊主ルートを作ろうとしていたら僕が丸坊主になる。出家する」

氷川の思考回路が斜め上に三回転してカッ飛んだ。

宙で何回もスピン。

スパイラルスピンをしてから、ようやく着地した。

「藤堂さんが坊主ルートを作ろうとしていなかったら、清和くん並びに眞鍋組の全員、丸坊主になって出家してね」

日本人形による爆弾が落とされた。

当然のように、卓はポカンと口を開けた状態で硬直する。傍《かたわ》らで聞いていたショウや宇治にしてもそうだ。

それでも、頭をガードしているヘルメットや中華鍋、両手鍋は離そうとはしない。今の彼らの命綱だ。

「いいね。約束だよ。真実が判明するまで藤堂さんに手を出しちゃ駄目」

氷川は清楚な美貌を輝かせると、鞄の中から剃刀《かみそり》を取りだした。院内の売店で購入したものだ。

「もし約束を破ったら、その時点で丸坊主にするからね。評判のいい剃刀を買ったから任せて」

氷川は剃刀を高く掲げた。

その途端、耳をつんざくような悲鳴が響き渡った。

「……ひっ……ひーっ」

ショウは中華鍋を深く被り直し、宇治は両手鍋を両側から手で押さえる。卓はヘルメットを被ったままうなだれた。

「……姐さんのためならいつでも命は捨てられるけれど、丸坊主は……二代目、リキさん、さっさと出てきてください。俺たちに姐さんの相手は無理ですーっ」

GOTITI
サクセスローン

卓が並々ならぬ悲哀を発散させながら叫ぶと、パッ、と辺りが明るくなった。崩れた塀の向こう側に、黒いスーツに身を包んだ美丈夫がいた。隣にはいつも影のように寄り添っているリキがいる。

ショウの中華鍋を照らしているのは、黒いリンカーンのヘッドライトだ。

「清和くん？　お坊さんになる決心はついたの？」

氷川が明瞭《めいりょう》に尋ねると、清和は強張《こわば》った顔でボソリと言った。

「……帰るぞ」

「約束を聞いていたね。真実がわからないうちに、藤堂さんに手を出したら許さないよ。ルール違反で即、丸坊主。即、出家」

氷川は清和に向かって剃刀を向けた。

本気だ。

本気だった。

どこまでも本気だったのだ。

「…………」

「指定暴力団・眞鍋組じゃなくて真言宗・眞鍋寺だ。いいね？」

清和の表情はこれといって変わらないが、困惑していることは間違いない。リキに従っていた吾郎《ごろう》など、若い構成員たちの目は潤んでいた。

「…………」

「藤堂さんにヒットマンなんか送ったら許さない」

「……女は……」

氷川は清和の言葉を遮るように言い放った。

「女は黙っていろ？　黙っていられるわけないでしょう？」

ぶんっ、と氷川は剃刀を振り回した。

「……おい」

危ない、と清和は双眸《そうぼう》だけで語り、氷川の手から剃刀を取り上げた。

その瞬間、氷川は剃刀を握り直す。眞鍋組の面々を剃髪《ていはつ》するための剃刀を、みすみす渡すわけにはいかない。

「清和くん、僕は本気だから」

氷川は剃刀を手放さなかった。

涙目の吾郎がヘルメットをそっ、と清和に手渡した。

「二代目、髪をガードしてください」

姐さんなら何をするかわからない、と吾郎の頰《ほお》を伝う涙は雄弁に語っている。ほかの若い構成員たちからすすり泣きが漏れた。

だが、清和は舎弟の忠誠心が込められたヘルメットを受け取らなかった。代わりに、氷川のほっそりとした腰に手を回す。

氷川も剃刀を清和の手に向けたりはしない。

「帰るぞ」

清和にいつもより低い声で言われ、氷川はコクリと頷《うなず》いた。そのまま、黒のリンカーンに乗り込む。

リキによって後部座席のドアが閉じられた途端、眞鍋組の兵隊たちはその場にへなへなと崩れ落ちた。

氷川は清和と並んで広々とした後部座席に腰を下ろす。運転手は地味な色のスーツに身を包んだサメだ。

「姐さん、出すわよ。舌を嚙《か》まないでね」

サメはいつものオカマ口調で言うと、氷川と清和を乗せた車を発車させた。瞬《また》く間《ま》に眞鍋組の精鋭たちがゾンビと化した場から離れる。

「サメくん、兼世くんと一緒に内科部長の偽者を追いかけたんじゃなかったの?」

「歳《とし》はとりたくないわね。逃げられちゃったの」

サメはいつもとなんら変わらず、飄々としている。隣に無言で座っているリキにしても普段と変わらない。

「兼世くんは?」

「悪の味方ライダーマンみたいなマトリが手加減しなかったから、内科部長の偽者は伸びちゃったの。当分の間、話はできないわ」

運転席でハンドルを左に切ったのはサメだ。神出鬼没という形容がしっくり馴染《なじ》む男だ。顔も体も声も雰囲気も諜報部隊を率いる男だ。

けれど、違う。

氷川の前でパンツを王冠のように被った男ではない。

どういうことか。

清和とリキは気づいていないのか。

どこかのヒットマンがサメに化けたのか。

氷川は清和の大きな手をぎゅっ、と握った。眞鍋組随一の腕っ節を誇るリキがいるから、清和はちゃんと守ってもらえるだろうと、氷川は真剣な顔で指摘した。

「……サメくんじゃないね。誰？」

氷川の声が車内に響いた途端、サメから感嘆の息が漏れた。いや、サメに扮《ふん》した男だ。

「姐さん、どうして俺がサメじゃない、ってわかるんですか？」

「……あれ？　清和くんとリキくんもサメくんじゃないって知っているね？」

氷川が目を丸くすると、サメに扮した男が屈託のない声で答えた。

「ちょっと試させてもらいました。姐さんが俺の変装を見破るか、どうか」

「君は誰？　……あれ？　ひょっとして、バカラくん？」

一流の情報屋といえば、一休《いっきゅう》・木蓮・バカラの三人だ。三人にはそれぞれ特徴があるらしいが、眞鍋組と最も関係が深いのが一番若いバカラだと聞いた。清和の姐候補だった京子《きょうこ》が起こした怨念《おんねん》じみた抗争の折、氷川はバカラに直《じか》に会っている。

「俺がバカラだとそこまでわかるんですか？」

「……あぁ、やっぱりバカラくんなんだ」

「姐さん、変装を見破るコツを教えてください」

かつて木蓮にもそういった類いの質問をされたが、氷川の返答は決まっている。

「なんとなく」

「それですか？」

「なんとなく、それしかないんだ」

「……じゃ、姐さん、恥も外聞もなくお聞きする。明和病院に現れたウラジーミルは本物ですか？」

藤堂と一緒に高野山にいるウラジーミルは本物か、影武者か、そういった質問は初めてではない。

「バカラくんまでそんなことを聞くのか」

「姐さんのダーリンも知りたがっていることです」

バカラの言葉に導かれるように、氷川は愛《いと》しい男の横顔を眺めた。視線を合わそうとはしないが、氷川には手に取るように清和の心情がわかる。

清和も真偽を確かめたがっていることは間違いない。

「僕、ウラジーミルが影武者だと思わなかったけど」

氷川が真顔で言い切った時、バカラがハンドルを操る車は眞鍋第三ビルの地下の駐車場に滑り込んだ。

高級車がズラリと並んだ駐車場には、地味な色のスーツに身を包んだサメが立っている。傍らには祐《たすく》が立っていた。

「じゃあ、来日したウラジーミルは本物のイジオットの皇太子？」

「僕は本物のウラジーミルだと思った」

「姐さんがそう言うのなら本物かな」

バカラは踏ん切りがついたように笑うと、黒いリンカーンを停めた。サメが氷川と清和のために後部座席のドアを開ける。

「お疲れ様です」

サメの背後にサメがふたりいた。

目の錯覚か。

サメが三人いる。

黒いリンカーンを運転していたバカラは、三人のサメに向かって手を振ると、地下の駐車場から出ていった。

「……サメくんが三人？　……うん、サメくんが五人？　……え？　サメくんが繁殖？」

赤のアストンマーティンの前にサメが現れたかと思えば、白のポルシェの前や清和の背後にもサメが現れる。

「姐さん、繁殖はないんじゃない？」

駐車場にいたサメがいっせいに同じ声で同じ言葉を言った。

「サメくん、分身の術？」

どのサメも寸分違《たが》わず。

が、氷川には本当のサメがわかった。

「サメくん、祐くんの変装もするんだね」

氷川がスマートな参謀の頬を叩いた。

その途端、何名ものサメから感嘆の息が漏れる。

「姐さん、負けたわ。よくアタシがサメだってわかったわね」

祐の顔をしたサメが肩を竦《すく》める。

「サメくん、こんなことしている暇があるの？」

「あるわけないでしょう」

「もしかして、僕を試したの？　ウラジーミルの件で？」

「今夜は姐さんに負け続けて疲れたわ。お休みなさい」

祐に扮したサメに投げキッスをされ、氷川は苦笑を漏らした。清和の仏頂面《ぶっちょうづら》がますますひどくなるが、だからといって文句は口にしない。

氷川は清和に肩を抱かれ、エレベーターで最上階に上がった。


ふたりで暮らしているフロアはなんの異変もない。清和が玄関のドアを開け、氷川が先に入った。

摩訶不思議《まかふしぎ》の冠を被る信司《しんじ》により、どこもかしこもカントリー調の素朴でいて可愛《かわい》らしいインテリアで揃《そろ》えられている。一瞬、森の中に帰ったような気分だ。

天井の高い廊下を進み、リビングルームに入る。

人だ。

人の気配がする。

森に人の気配。

いや、フェイクグリーンに潜む不審者。

何匹ものクマとともに異様な風体の不審者がいる。

「……えっ？」

氷川はフローリングの床に尻餅《しりもち》をつきかけたが、すんでのところで、清和に支えられる。咄嗟《とっさ》に摑んだものは、コグマのスリッパだ。

「えいっ」

シュッ、とコグマのスリッパを不審者に向けて投げた。

命中。

コグマのスリッパは不審者の顔面に命中したが、ビクともしない。異様な存在感を放ち続ける。

「どこのヒットマンか知らないけど、清和くんには指一本、触れさせないからね。出ていけーっ」

氷川は清和を庇《かば》うように抱き締め、フェイクグリーンに潜む不審者を睨《にら》み据《す》えた。それでも、なんの返事もない。

「落ち着け」

「清和くん、ヒットマンには帰ってもらうから心配しないで。諒《りょう》兄ちゃんが守ってあげるからね」

「よく見ろ」

銅像だ、と清和は氷川を覚醒《かくせい》させるように抱き直した。

「……え？　銅像？」

氷川は清和のぬくもりを感じつつ、フェイクグリーンの中に立つ不審者を見つめる。

確かに、生身の人間ではない。人の銅像だ。いや、僧侶の銅像だ。編《あ》み笠《がさ》を被り、金剛《こんごう》杖《づえ》を持っている。察するに、旅装束か。

「……ど、どうしてこんな銅像が？　信司くん？　また信司くんなの？」

こういうわけのわからないことをするのは信司しかいない、と氷川は僧侶の銅像と清和を交互に眺めた。

「……祐が」

眞鍋組で最も汚いシナリオを書く策士の名が飛びだした。

「祐くん？　魔女がどうして銅像？　呪《のろ》いの銅像なの？」

「……祐から」

清和の視線の先にはカントリー調のテーブルに置かれた手紙があった。数珠《じゅず》も添えられている。

「……え？　祐くんからのお手紙？　……えっと？　『我らが麗《うるわ》しの二代目姐が弘法大師《こうぼうだいし》を崇敬しているとは存じませんでした。謹《つつし》んでお詫《わ》びすると同時に弘法大師像を収めさせていただきます。朝夕のお勤めに相応《ふさわ》しいと思います』って？　この銅像は弘法大師様なの？」

　氷川は祐の手紙を途中まで読み、驚愕《きょうがく》してフェイクグリーンの中に立つ弘法大師像を見つめた。

　信司が揃えたクマとは違う。それは一目でわかるけれども。

「……知らなかったのか？」

　あれだけ出家だなんだと騒いでいたのに知らなかったのか、と清和の雪の日を連想させる双眸は雄弁に語っている。

「……えっと……祐くんのお手紙にはまだ続きがある……」

　氷川は顔を引《ひ》き攣《つ》らせて、祐からの手紙に目を通した。

『御仏の教えに従おうとなさるならば、弘法大師像を不審人物と間違え、粗略な扱いをされぬものと思います』

　氷川の耳に魔女の高笑いが聞こえた。

　負けた。

　魔女に負けた。

　魔女の策略にはまった。

「……た、祐くん？　わざとこんなところに弘法大師様の像を置いたね？　クマのスリッパをここに置いていたのも祐くんだね？　……あ、ライトも朝より暗くなっている？　祐くんだから全部、計算していたね？」

底意地の悪い参謀に、無意味な行動はない。まずもって、祐の贈り物には何種類もの負の塊《かたまり》が詰め込まれている。

清和は無言で弘法大師像を見つめていた。どうも氷川が弘法大師像を不審者と間違え、ほっとしているような気配がある。

この分だと出家はないな、と。

「清和くん、魔女の意地悪な罠を知っていたね？」

ポンッ、と氷川は逞《たくま》しい清和の胸を腹立ちまぎれに叩いた。ふつふつと言いようのない複雑な思いがこみ上げてくる。

「…………」

「魔女の意地悪な罠を知っていたのに黙っていたね？」

氷川は気づかなかった自分にもショックだ。サメやバカラの変装は見破れたのに、どうして弘法大師像を不審者と見間違えたのだろう。

いや、祐による配置の仕方が巧妙だったのだ。すべては魔女によるものだ。今夜の罠には魔女の復讐戦《ふくしゅうせん》混《ま》じりの本気が込められている。

「…………」

「魔女の意地悪な罠に反対もしなかったね？」

氷川は愛しい男から深淵《しんえん》にある感情を読み取った。憎たらしいことに、清和は参謀の悪だくみに加担している。

「…………」

「僕がこんなことでくじけると思っているの？」

「…………」

「僕はこんなことでくじけない」

氷川は綺麗《きれい》な目に闘志を燃やし、なんまいだ～っ、なんまいだ～っ、と、低く絞った声で唱えた。心はすっかり僧籍に入っている。宗派は違うが。

「…………」

「弘法大師様はこんなことぐらいで怒ったりしない。宇宙より度量が広い方だから」

氷川は清和からそそくさと離れると、弘法大師像の前に正座で座った。両手を床につき、土下座で謝罪した。

「弘法大師様、どうか許してください。弘法大師様をヒットマンと間違えてしまいました。おまけに、クマのスリッパを投げつけてしまいました。罪深い僕を許してください」

なむなむなむ～っと、氷川は顔を上げると、両手を合わせて拝んだ。和歌山《わかやま》の山奥の老人たちの口癖だったお経を唱える。

氷川は一心不乱に弘法大師像に向かって拝んだ。

氷川の前に仏像、背後にも仏像。

そう、清和は像と化した。

歯向かう者には容赦しない、と恐れられた苛烈《かれつ》な極道が魂を旅立たせてしまったのだ。

最愛の姉さん女房の鬼気迫る姿を目の当《ま》たり《あ》にして。

「清和くん、何をしているの。一緒に弘法大師様に手を合わせよう」

氷川が振り返ると、弘法大師像よりカチコチの美丈夫がいる。背中に刻んだ極道の証《あかし》である昇り龍《のぼりりゅう》も旅先から帰ってこない。

「清和くん？　僕のお願いが聞けないの？」

パンパンパン、と氷川は隣に座れとばかりにフローリングの床を叩いた。

「…………」

「これから清和くんと僕は御仏にお仕えすることになるんだから」

「…………」

「僕、絶対に眞鍋組を眞鍋寺にする。祐くんも魔女から尼さんにさせる。僕は絶対に諦《あきら》めないからね」

氷川の決意表明を聞いても、清和は木偶《でく》の坊《ぼう》のように立ち尽くしたままだ。周りの空気はどんよりと重い。

「……あ、僕は弘法大師様を不審者と間違えてしまいました。悔い改めます……えっと、あぁ、藤堂さんみたいに水行をしてお詫びします」

氷川の思考回路がフル回転し、高野山で行に励む藤堂の画像に辿《たど》り着《つ》いた。スマートな紳士が励んでいるのに、いったい自分は何をしているのかと。

「………」

「さぁ、清和くん、一緒に水行だ」

氷川は意志の強い目で立ち上がり、清和の手を引いた。それでも、眞鍋の昇り龍と呼ばれている極道の足は動かない。

「清和くん、もう大きくなったからだっこできないんだ。歩いてね」

ぐいぐいっ、と覚醒するように腕を引っ張ると、ようやく清和は自分の魂を呼び戻した。

「……おい」

姉さん女房の尻《しり》に敷かれた亭主には、その一言しか出ないらしい。もっといろいろと言いたいはずなのに。

「海もないし、滝もないし、池もないし、井戸もないけど、お風呂《ふろ》ならある。広いお風呂だから大丈夫だよ」

「……正気か?」

清和は苦渋に満ちた顔で、ボソリと呟くように零《こぼ》した。

「……そ、その言い草は何？　僕は正気だ。本気だよ。弘法大師様を陰険な罠に使った祐くんがおかしい」

氷川が白皙《はくせき》の美貌を引き攣らせると、清和は無言で視線を逸《そ》らした。誰かに救いを求めている。誰かわからないけれども救いを求めている。

それは握った清和の手からひしひしと伝わってくる。

絶対に逃がさないから、と氷川は改めて固く誓うと、清和の手を引いてバスルームに大股《おおまた》で向かった。

清和は逆らったりせず、氷川の手に引かれて進む。

アロマが香るパウダールームで、氷川は清和が身に着けていたものを一枚残らず脱がせた。氷川も一糸纏《まと》わぬ姿になる。

その瞬間、死んだ魚のような目をしていた年下の男の雰囲気がガラリと変わった。鋭い双眸に男としての欲望の火が灯《とも》る。

「清和くん、なんて目で見ているの」

氷川は自分の裸身に注がれる清和の視線に気づいた。

「……男だから」

清和は悪びれることなく答えたが、氷川の固い誓いは崩れなかった。

「水行なんだ。水行だから駄目」

「……………」

「今夜、すべての煩悩《ぼんのう》を洗い流そう」

氷川は清和の手を引き、バスルームに進んだ。バスタブも洗い場も広いから、充分、行に励むスペースはある。

「……あれ？　今さらだけどお風呂で水行って、どうすればいいのかな？　お風呂を井戸だと思えばいいのかな？」

氷川はバスタブに水を張った。

桶《おけ》の代わりはバケツだ。

南無三《なむさん》、とばかりに頭から水を被った。

「……っ、くしゅん」

冷たい。

当然といえば当然だが、春の夜に水は冷たい。

「やめろ」

清和が青い顔で止めようとしたが、氷川の固い誓いはまだ破られてはいない。氷水に比べたら可愛いものだから。

「大丈夫、僕は頑張る」

「やめてくれ」

清和の声も今の氷川には届かない。

「清和くんも頑張ろう。どうか清和くんの罪穢《つみけが》れを祓《はら》ってください」

バシャッ、と清和の頭から勢いよく水をかけた。雄々しい美丈夫はなんでもないことのように受け流している。くしゃみもない。冷たくもないようだ。

「清和くん、おかわりしようか」

再度、氷川は清和の頭上から冷たい水をかけた。

冷たいのは圧倒的に清和なのに、氷川がくしゃみを連発する。

「もうやめろ」

「これぐらいじゃ、水行って言えないと思う」

「頼むからやめてくれ」

「出家するんだからこれくらいできないと」

「水を被るな」

俺にかけろ、と清和は氷川が手にしたバケツを自分のほうに向けた。ポタポタポタ、と清和の濡《ぬ》れた髪の毛から水が滴り落ちる。

氷川と清和の視線が真正面から交差した。

氷川の目には清和しか映っていないし、清和の目には氷川しか映っていない。この広い宇宙にふたりだけ。

　ふと氷川は清和の下半身に視線を落とした。

「清和くん、煩悩を滾《たぎ》らせちゃ駄目でしょう」

　若い男は氷川の艶《なま》めかしい身体《からだ》に煽《あお》られている。

「…………」

「清和くん、水行だからおとなしくして」

　氷川は清和の分身に向かって諭すように言った。

　なのに。

　それなのに、清和の分身は小さくなるどころか脈を打ちながら膨張していく。これでは水行どころではない。

「清和くん、駄目、いい子だから小さくなって」

　氷川は猛々《たけだけ》しい清和の分身に言い聞かせようとした。その股間《こかん》で息づくものを真摯《しんし》な目で覗《のぞ》き込《こ》む。

　もっとも、そんな態度は若い男の情欲を滾らせるだけだ。

「…………」

「……あ、また大きくなった。大きくなっちゃ駄目だよ。今は煩悩を祓わなきゃ駄目なのーっ」

「………」

いったいどこまで膨張するのか、清和の男根はこれ以上ないというくらい起立していた。最愛の姉さん女房の身体を求めていることは確かだ。

「清和くん、煩悩を鎮める努力をして」

ペチッ、と氷川は清和の欲望の塊を指で諌《いさ》めるように叩いた。

逆効果だ。

「清和くん、煩悩を鎮める気がないの？」

氷川は自分の濡れた肌を舐《な》めるように凝視する清和に気づいた。清和が己の欲望を鎮めようとしたら、まず氷川の姿を視界に入れない。若い己が氷川のなめらかな肌に抗《あらが》えないと知っているからだ。

「………」

図星らしく、清和から凄絶《せいぜつ》な男性フェロモンが発散される。真の水行の場ならば、追いだされていたかもしれない。

いや、追いだされたいのだろう。

今、このバスルームでの水行から。

「清和くん、なんて姑息《こそく》な……」

氷川がバケツを持った手を震わせると、清和は腹から絞りだしたような低い声で言い放った。

「風邪をひくからやめろ」

「僕は平気……っ、くしゅん」

依然として、氷川はくしゃみを連発し、清和は平然としている。ふたりの肉体は同じ性別を持っているとは思えないくらい違った。

「出ろ」

「駄目」

「出るぞ」

埒《らち》が明かないと悟ったのか、清和はとうとう実力行使に出た。氷川のほっそりとした腰を抱き寄せる。

「……あ、僕に触っちゃ駄目」

パコーン。

反射的に振り回した氷川のバケツが、清和の頭部にヒットした。なかなかいい音だ。

しかし、不夜城の覇者はバケツ攻撃ぐらいで倒れない。そんな弱い男ならば、とうの昔に核弾頭と仇名《あだな》された二代目姐と距離を取っている。

「出る」

「駄目……もう、僕に触っちゃ駄目……駄目だって……ほら、清和くん、どこまで大きくなる気?」

清和の分身は今にも破裂しそうなくらい反り返っている。このままの状態は辛《つら》いはずだ。

「………」

世間で悪し様《あざま》に罵《ののし》られている極道なのに家庭では意外なくらい紳士で、清和から性行為を要求したりはしない。圧倒的に身体の負担が大きい氷川を考慮しているのだ。今も若い男はじっと耐えている。

すっ、と氷川の心の中から偉大なる弘法大師空海《くうかい》が消えた。霧が晴れるように、水行の必要性も霧散する。

氷川の目の前にいるのは、愛しい男ただひとり。

誰よりも大切な男に求められたら、与えないわけにはいかない。いや、本来、いくらでも与えたいのだ。

「清和くん、したいの?」

氷川が濡れた目で尋ねると、清和は低い声で答えた。

「……ああ」

さっさとこんな馬鹿《ばか》げたことはやめろ、と清和の鋭い双眸は雄弁に語っている。さりげなく、氷川の手からバケツを取り上げた。

「いい子なのに、いい子じゃないね」

「…………」

「いい子じゃないけど、可愛いね」

氷川は白い手を清和の分身に伸ばした。ドクドクドクドク、とこれ以上大きくならないと思っていたのにさらに膨れ上がる。

「……いいのか？」

「氷行は明日」

氷川は白い指で清和の分身を意図的に揉《も》みしだいた。先走りの滴《しずく》が先端から漏れ、氷川の頬は紅潮する。

もう、くしゃみは出ない。

「…………」

「今夜は特別だよ」

チュッ、と氷川が清和の分身に唇を口づけた。そのまま愛しい男の股間に顔を埋《うず》める。

「それはいい」

清和のくぐもった声は無視した。

喉《のど》の奥まで圧迫されて苦しいなんてものではないが、命より愛しい男の分身だと思えば愛しさが募る。誰にも渡したくない。自分だけの可愛い男だ。

清和が蛇口の栓を捻《ひね》る音が聞こえた。

次いで、湯がバスタブに張られる音も響く。氷川の冷たい肌を案じ、湯を出したのは明らかだ。

清和くん、可愛い。

可愛くてたまらない。

このまま食べてしまいたい。

氷川の中で愛しい男に対する想《おも》いがどこまでも大きくなる。愛しくて愛しくて、身も心も蕩《とろ》けた。

「……もういい」

堪《こら》えきれなくなったらしく、清和の手が氷川の後頭部を移動させようとした。けれど、氷川は口に含んだものから離れない。

可愛い男に奉仕したかった。可愛い男を楽しませたかった。可愛い男を感じたかった。

その一念で。

清和は耐えきれずに氷川の口腔内《こうこうない》で頂点を迎える。

「……すまない」

清和の謝罪に氷川は首を振った。

ふたりだけのバスルームは、水行にはほど遠い甘い空間になる。清和の逞しい胸に抱き寄せられ、氷川は艶《つや》っぽい微笑を浮かべた。

「いいよ」

抱いていいよ、と氷川が承諾すれば、清和の分身は放ったばかりでもすぐに力を取り戻す。若い男は一度ぐらいで満足できない。

「いいのか？」

「うん」

氷川が白い腕を清和の首に絡ませる。

「いいんだな？」

「おいで」

清和に熱い目で凝視されれば、氷川の肌も火照ってくる。もはや、何も知らない身体ではないのだ。

氷川は若い男を誘惑するように腰をくねらせた。

「煽るな」

清和の分身はあられもない氷川の姿に耐えられずに反り立つ。心なしか、先ほどより猛々しい。

「あんまりいやらしいことはしないでね」

「………」

「恥ずかしいから」

氷川は目元を赤く染め、控えめな声で言った。

「………」

「そりゃ、今まで何度もしたけど……まだ恥ずかしいし……」

眞鍋組の要注意人物のトップを独走しているのは氷川であり、その言動は清楚な美貌を裏切るものばかりだ。ただ、こちらでは外見通り、未だに純な日本人形に等しい。愛しい男との性行為自体は拒まないけれども。

「………」

核弾頭と仇名された姉さん女房の言葉が、若い男の下半身を直撃する。表情はこれといって変わらないが、男の欲望は隠しようがない。

「清和くん、またこんなに大きくなって……」

氷川は天を衝《つ》いた一物に喉を鳴らした。

「………」

「いいよ。僕の中においで」

氷川の凄絶な色気に不夜城の覇者は太刀打ちできない。降参したような低い声を漏らすと、氷川の艶めかしい身体にむしゃぶりついた。

あとはふたつの身体がひとつになるだけだ。

バスルームで苦しいぐらい甘くて熱い時間を過ごした後、氷川は自分の足で立つことができなかった。

「……清和くんがあんなに……あんな弄《いじ》り方《かた》をするから……清和くんのせいだよ……」

はしたなくも、氷川の秘孔は熱を持ち、まだ開閉を繰り返している。清和に執拗《しつよう》に愛撫《あいぶ》されたからだ。

「…………」

氷川を見つめる清和の目は雄そのものだ。

「清和くん、悪い子だね」

清和はベッドでも氷川を抱きたいのだろう。正確にいえば、氷川の身体を考慮し、ベッドで思い切り擦《こす》り上《あ》げたいのだ。それゆえ、氷川の秘部が閉じないようにした。十歳年下とはいえ、いつまでも姉さん女房に首根っこを押さえつけられているわけではない。

「…………」

「可愛いけど、悪い子だ」

氷川は潤んだ目で雄々しく成長した幼馴染《おさななじ》みを見つめた。確かめるように、その厚い胸板に触れる。

「…………」

「どうして、こんなに悪い子になったのかな。とってもいい子なのに」

清和に抱かれたまま、ベッドルームに運ばれる。かつて氷川の膝《ひざ》ではしゃいでいた幼子の足取りは確かだ。

ベッドルームのライトがついた。

その途端、氷川は氷水を浴びせられた。

ベッドの脇《わき》に弘法大師空海の像がある。その足下には弘法大師空海の道案内をしたという二匹の犬の銅像まで。

「……あ……あ……あぁ、弘法大師様……」

一瞬にして、氷川は甘い夢から覚めた。愛しい男の腕に抱かれているというのに。まだ秘部は疼《うず》いていたというのに。

「どうした？」

もはや、氷川の耳に清和の声は届かない。

「……申し訳ありません。清和くんが可愛いあまり、僕は淫《みだ》らな行為をしてしまいました。どうか許してくださいーっ」

すーっ、と氷川の身体から熱が消えた。ピタリ、とヒクついていた秘部も閉じる。もう、眼中《がんちゅう》には真言《しんごん》宗の宗祖しかいない。

真言宗の眞鍋寺が点滅したような気がした。

「僕は心を入れ替えます。清和くんも心を入れ替えます。だから、今夜のことは許してください。明日、水行を頑張ります」

ベッドルームに弘法大師空海の像を持ち込んだ相手に対する清和の怒りが充満した。それでも、像を蹴り飛ばしたりはしなかった。

繊細なガラス細工のように、氷川の身体を白いシーツの波間に沈める。そして、口を真一文字に結んだまま、ベッドルームの明かりを消した。

これで仏教の巨星の像は見えない。

それでも、氷川の謝罪は続いた。

6

弘法大師空海《こうぼうだいしくうかい》に責め立てられた。

『この不届き者め。拙僧の前でまぐわうとは何事ぞ』

氷川《ひかわ》は必死になって詫《わ》びた。

「申し訳ありません」

『なんじは獣なり』

畜生道に落ちた、と弘法大師空海は氷川を非難し続ける。

「すみません。許してください。心を入れ替えます」

『仏門に入ることは許さぬ』

仏門を閉ざされ、氷川の前に無明《むみょう》の闇《やみ》が広がる。

「心を入れ替えます。僕も清和《せいわ》くんも心を入れ替えました。僕と清和くんは出家します。眞鍋《まなべ》組のみんなも出家します」

『ならぬ』

「眞鍋組を眞鍋寺にしたいんです。出家させてください」

『ならぬぞ』

「出家にヤクザお断りはないはずですーっ」

氷川は縋《すが》るように弘法大師空海に向かって手を伸ばした。出家の許可を得るまで、泣《な》き喚《わめ》いてでも粘ってやる。

『あるのじゃ』

「絶対にないーっ」

氷川は自分の大声で目を覚ました。

そう、夢だったのだ。

「……あれ？　夢だったの？」

氷川はベッドの脇《わき》にある弘法大師空海の像を見つめた。昨夜、自分の犯した破廉恥《はれんち》な罪がぶり返す。

「水行をするつもりが清和くんと……あれ？」

氷川は弘法大師空海の像に妙な違和感を覚えた。もっといえば、その目だ。仏像の瞳《ひとみ》ではない。

「……目が光った？」

ガバッ、と氷川はベッドから飛び降りると、弘法大師空海の像を調べるように触れた。

左右の目の感触が違う。

「……カメラ？　監視カメラ？」

氷川は弘法大師空海の像に監視カメラが備えられていることに気づいた。贈り主が祐《たすく》ならば、どんな細工が施されていても不思議ではない。

「……ひょっとして、さっきの夢は夢じゃなくて……祐くんのいやがらせ？」

氷川は弘法大師空海の像の背後にあるフェイクグリーンを探った。案の定、精密機械が隠されている。

「……こ、こんな姑息《こそく》な手に引っかかると思っているの？」

氷川は般若《はんにゃ》のような顔で凄《すご》むと、ベッドルームから飛びだした。リビングルームの奥にある和室から清和の声が聞こえてくる。

「弘法大師様は宇宙より心が広いから、僕と清和くんがお坊さんになることを怒ったりはしないよっ」

氷川が飛び込むや、清和が仏頂面《ぶっちょうづら》で目の前に立《た》ち塞《ふさ》がった。その背後にはリキやショウ、サメとともに白いスーツ姿の男がいた。

ふいっ、と白いスーツ姿の男は顔をそむける。

端麗な横顔の持ち主は藤堂《とうどう》だ。

高野山《こうやさん》で修行に励んでいたのではないのか。

「……え？　藤堂さん？」

氷川は清和の脇をすり抜け、サメの後ろに回った白いスーツ姿の男に飛びかかった。

ガバッ、と。

和歌山《わかやま》の山奥の病院に勤務し、確実に氷川の身体能力は上がっている。藤堂は勢いよく飛んできた氷川の身体《からだ》を避《よ》けたりしない。その手で優しく受け止めた。

「……っ……どうして、藤堂さんがこんなところに？」

ぐい、と氷川は藤堂のネクタイを引っ張った。そして、気づいた。目の前にいる藤堂は偽者だ、と。

「……ううん、藤堂さんじゃないね？　誰？」

氷川が険しい形相《ぎょうそう》で言うと、藤堂に扮《ふん》した男とサメが同時に溜《た》め息《いき》を漏らした。ショウは頭部を盆でガードし、渋面《じゅうめん》の清和の背後に隠れる。

「……あれ？　イワシくん？　イワシくんが藤堂さんに化けているの？」

氷川の指摘を聞いた途端、サメは手にしていた十字架を高く掲げた。例によって、芝居がかっている。

「姐《あね》さん、ハラショーすぎるわ。どうして、イワシの完璧《かんぺき》な変装をすぐ見破るのよっ」

サメは藤堂に扮した男が諜報部隊《ちょうほうぶたい》所属のイワシだと認めた。

「サメくん、どうしてイワシくんに藤堂さんのふりをさせるの？」

「桐嶋《きりしま》組長が寂しがっているからプレゼントするの」

「僕にそんな嘘《うそ》が通用すると思っているの？」

桐嶋さんは突き返すよ、と氷川は何事ものらりくらりと躱《かわ》すサメから、嘘がつけないショウに視線を流した。ショウは今にも彼岸《ひがん》の彼方《かなた》に旅立ちそうだ。清和にしても心の中は荒れているに違いない。

察するに、悟られたくない命令を出したのだろう。ひょっとしたら、恐ろしい計画は始まっているのか。

駒《こま》は藤堂に化けたイワシ。

桐嶋は桐嶋組のシマにいるはずだ。

赤信号が点滅する。

「じゃ、アタシはクリスチャンだから退散するわね」

サメはシェイクスピアの舞台役者のような十字を切ると、十字架を氷川に向けた。そのまま藤堂に扮したイワシと出ていく。

いや、氷川がサメとイワシの手を摑《つか》んで止めた。

「サメくん、逃がすと思っているの？　いったい何を企《たく》んでいる？」

「アタシ、敬虔《けいけん》なクリスチャンなの。だから、お坊さんにはなれないのよ。許してね」

サメがちらつかせている十字架は、出家に対するシールドだ。神出鬼没の男からは信仰心の欠片《かけら》も感じない。

「サメくんが敬虔なクリスチャンのはずがない」

「クリスチャンなのよ。信じてちょうだい」

「それで、イワシくんを藤堂さんに仕立て上げてどうするの？」

氷川は食えないサメから、清和とショウに視線を流した。清和とショウは同じように顔色は悪いが、苛烈《かれつ》な殺気が漲《みなぎ》っている。

恐ろしい殺気は誰に向けられているのか。

イワシが扮したスマートな紳士に違いない。

ふたりはここにはいない藤堂に宣戦布告している。

氷川は血相を変え、清和に摑みかかった。

「……清和くん、藤堂さんに何かする気だね。藤堂さんとの手打ちを忘れたの。第一、藤堂さんは善良な一般人だよ。今は高野山で真面目《まじめ》に修行しているんだよ」

氷川がネクタイを引っ張りながら捲《まく》し立《た》てると、清和は鋭い目でサメに指示を出す。サメは十字架にキスをしてから、横目でリキにサインを送る。

おそらく、判断がリキに委ねられたのだろう。

氷川は手強《てごわ》いリキではなく、単純単細胞アメーバの代名詞となっているショウに焦点を定めた。

注意深く見れば、頭部をガードしている盆の間に何かが挟まっている。新聞だろうか。

「……ショウくん、これは何？」

氷川は清和のネクタイから手を離し、ショウの頭部にある盆を奪おうとした。けれど、眞鍋組が誇る特攻隊長は盆を離さなかった。

「姐さん、ツルツル坊主はいやっス」

「心配しなくても大丈夫」

「……へっ？　大丈夫っスか？　ツルツル坊主にしねぇっスか？」

ショウの手が頭部の盆から緩んだ瞬間を、氷川は見逃さなかった。

「うん、大丈夫」

ショウくんならツルツル坊主もきっと似合うよ、と氷川は甘い声で言いながら、ショウの手から盆を払い落とす。

カラン、と盆が壁に当たった。

ヒラリ。

英字の新聞が宙に舞う。

「……ひっ……ぎゃーっ」

ショウの雄叫《おたけ》びの中、すかさず、氷川が英字の新聞を取った。

「……新聞？　……え？　香港《ホンコン》の英字新聞？」

まず、モスクワのガス爆発の記事が氷川の視界に飛び込んできた。香港財閥の当主がモスクワのガス爆発に巻き込まれて亡《な》くなっている。ちょうど、ロシア財閥の幹部と事業提携の交渉中だった。

「……え？　香港の財閥って楊《よう》財閥？　ロシアの財閥がイジオット財閥？　イジオットってあのロシアン・マフィアのイジオット？　あぁ、確か、イジオットは普通のビジネスも手がけていたよね……え？」

香港財閥の亡くなった当主とともに、イジオット財閥の亡くなった幹部の写真も掲載されている。

イジオット当主の長男であるウラジーミルだ。

「……ウラジーミル？　ウラジーミルがモスクワのガス爆発で亡くなった？　あのウラジーミルが……ううん、ウラジーミルは高野山……」

氷川の脳裏に今までの経緯が蘇《よみがえ》った。兼世《けんせい》やバカラ、サメから投げられた言葉もまざまざと思いだす。

わかった。

わかった、と氷川はへたり込んだショウと背中を向けた清和に視線を流した。

香港の楊財閥はイジオットの交渉相手の香港マフィアの楊一族だ。

香港マフィアの楊一族も表向きは楊財閥であり、合法的なビジネスを世界規模で展開しているのだろう。

モスクワで楊一族の当主とウラジーミルが交渉している最中、ガスが爆発して亡くなった。

表向きは単なる事故として処理されたが、楊一族の当主とイジオットの幹部が死亡したとなれば、単なる事故とは思えない。

国内外の闇組織関係者が浮き足立つのは当然だ。

ウラジーミルには影武者がいる。

交渉の場にいたウラジーミルは本物か、偽者か。その質問の真意に氷川はようやく辿《たど》り着《つ》いた。

「……あぁ、わかった……イジオットは初めから楊一族と手を組む気はなかった？　協力するように見せかけて、モスクワに楊一族の当主を呼びだして殺した？　交渉の場にいたのは、ウラジーミルの影武者？」

氷川が独り言のようにぶつぶつ呟《つぶや》くと、リキが淡々とした口調で言った。

「交渉担当者がウラジーミル本人か、ウラジーミルの影武者か、それ次第でガス爆発の犯人が判明します」

「それで僕に、高野山にいるウラジーミルが本物か、偽者か、聞いてきたんだね？」

「姐さんはプロ以上の炯眼《けいがん》をお持ちです」

「それで？　高野山にいるウラジーミルが本物だとわかったから、偽者の藤堂さんを送り込んで……何をするの？　高野山にいるウラジーミルが本物で、悪事がバレたら、イジオットと楊一族の抗争が始まるかもしれないけど、眞鍋組には関係ない」

間接的に影響は受けるかもしれないが、そんなひどい打撃は受けないのではないか。眞鍋組は部外者だ。

「仰《おつしや》る通り、イジオットと楊一族の間で戦争が勃発《ぼっぱつ》する可能性が高い。眞鍋ではなく、藤堂がいる桐嶋組に火の粉がかかる」

イジオットの日本攻略の先鋒《せんぽう》であれ、ウラジーミルの愛人であれ、傍《はた》から見れば藤堂はウラジーミルの関係者だ。たとえ、極道の金看板を下ろしていても。

「だから？　だから、イワシくんを藤堂さんに仕立て上げて何をする……って、まさか、藤堂さんを殺す気なの？」

「姐さんがご心配なさるようなことはありません」

氷川はリキの鉄仮面ではなく渋面の清和を横目で観察する。リキの本意は不明だが、清和は藤堂を始末する気だ。

「清和くんは藤堂さんにヒットマンを送る気だね？　許さないよ？」

「姐さん、今現在、藤堂を始末する予定はありません」

リキは祐と同じように藤堂の存在価値を認め、共存を支持しているようだ。氷川はほっとしたものの、安心はできない。

「なら、どうして、イワシくんが藤堂さんに化けているの？」

「藤堂による偽坊主ルート、ご存じですか？」

「うん、藤堂さんが組長だった時に偽のお坊さんを使って覚醒剤《かくせいざい》を売りさばいて……あ、昨日、ショウくんたちが偽のお坊さんたちを捕まえていた？」

氷川は今さらながらに昨夜、帰宅途中に遭遇した騒動を思いだした。眞鍋組の精鋭たちは由々しきことを口にしていたのだ。

「昨夜の偽坊主は全員、かつて藤堂の偽坊主ルートにいたチンピラたちです。つい先日、疎遠になっていた藤堂から呼びだされ、偽坊主ルートの復活を告げられたらしい」

「……え？」

「藤堂は偽坊主ルートを復活させます」

再び覚醒剤の売買に手を染める気なのか、良心的な貿易会社の経営にのりだしたのではなかったのか、桐嶋は覚醒剤の売買を認めていないし、藤堂本人も覚醒剤は大嫌いだと聞いているのに、と氷川の感情が複雑に交錯する。

藤堂はいつも紳士然としているが、どこか寂しそうに見えないこともない。ただ、桐嶋がそばにいれば、孤独感が薄れた。

藤堂には桐嶋しかいない。

同じように、桐嶋には藤堂しかいない。

氷川は水と油のように違う藤堂と桐嶋を瞼《まぶた》に再現し、明確な声で言い切った。

「その偽坊主ルートの復活、って藤堂さんの嘘だよ。そう言って抑え込まないと、チンピラたちに勝手に偽坊主ルートを復活させられそうになったからだ。藤堂さんは偽坊主ルートを復活させない」

「姐さん、藤堂が入門した寺院をご存じですね？」

「福清厳浄明院《ふくせいごんじょうみょういん》」

およそ百二十もの寺院が並ぶ高野山の中でも、一際格式の高い寺院であり、歴代の院家《いんげ》は名僧ばかりだ。当代の院家にしろ、次代の院家にしろ、氷川は称賛しか知らない。

「福清厳浄明院の住職、院家ですか。院家の息子は藤堂の偽坊主ルートのメンバーでした。当時、家出中でした」

一瞬、リキが何を言ったのか理解できず、氷川は怪訝《けげん》な顔で聞き返した。

「……え？　住職の息子？」

そんなはずがあるわけない、院家さんも院家さんの息子も素晴らしいお坊さんだ、みんな絶賛していたんだ、と氷川の思考回路が和歌山の病院勤務時代に戻る。

「藤堂にどこか似ています。藤堂は自分の影武者にするつもりで、スカウトしたのかもしれません」

氷川の反応に思うところがあったのか、リキはスマートフォンに収めている証拠写真を見せた。モニター画面には綺麗《きれい》な僧侶《そうりょ》が写しだされる。藤堂の前で木魚を叩《たた》いている。護《ご》摩《ま》を焚《た》いている。

「……あ？　あの桐嶋さんのところで見た美坊主？」

僧侶姿の次に写しだされたのは、髪の毛を金色に染めた不良少年である。ただ、その綺麗な顔立ちは隠せない。

福清厳浄明院の次期院家の少年時代だ。

藤堂と次期院家がそんな関係だったとは知らなかった。

「どうして藤堂が桐嶋組長を眠らせ、高野山の福清厳浄明院に潜り込んだのでしょう。出家するためとは思えません」

知らなかった事実に愕然《がくぜん》としたが、だからといって、藤堂が偽坊主ルート復活のために高野山を目指したとは思えない。

「出家じゃなくて得度《とくど》かもしれないね」

「姐さんは藤堂を信じているのですか？」

「うん。藤堂さんは偽坊主ルートを復活させる気はない。何か、よんどころのない事情があるんだよ」

氷川はリキから清和に視線を流した。

「清和くん、藤堂さんにヒットマンを送るのは許さない。藤堂さんを監禁して、イワシくんに藤堂さんのふりをさせるのも許さない」

「…………」

　女は口を出すな、と清和の鋭い目は咎《とが》めている。

「昨日、約束したよね。藤堂さんが偽坊主ルートを復活させたら僕がツルツルのお坊さんになる。藤堂さんが偽坊主ルートを復活させなかったら清和くんやショウくんたちがツルツルのお坊さんになる、って」

「…………」

「今日、仕事がお休みだし、僕は高野山に行ってくる。真実を確かめてくるよ」

　氷川が高野山行きを口にした途端、和室の空気が一気に重くなった。そのまま畳が抜け、地下に落ちてしまいそうなくらい。

　清和の目は宙に浮き、ショウは土色の顔で畳に突っ伏した。藤堂に扮したイワシは素の自分を晒《さら》し、サメに十字架で突《つ》かれている。

　天と地がひっくり返っても動じそうにない男が、常より低い声で確かめるように言った。

「姐さん、高野山に向かわれると仰いましたか？」

「うん。高野山で藤堂さんとウラジーミルに会って、ついでに院家さんの息子さんにも会って、問《と》い質《ただ》してくる」

　朗報を待っていて、と言いながら氷川は背を向けた。和室から出た途端、ダダダダ走った。

ダッ、と駆けだす。

「……っ……姐さん、待ちやがれーっ……くださいっス……」

ショウと清和が悪鬼の如《ごと》き形相で追いかけてきたが、氷川は完全に無視して玄関にひた走った。

捕まったらおしまいだ。

もっとも、玄関のドアに辿り着く前に、清和とショウに左右から拘束される。

「……姐さん、パジャマでどこに行くんスか?」

ショウに呆《あき》れ顔《がお》で指摘され、ようやく氷川は自分の格好に気づいた。ベッドから飛び起きた姿だ。

「……そうだね。パジャマで高野山まで行くわけにはいかないね」

「パジャマで出ちゃ駄目っス」

「着替えるから」

氷川は弘法大師空海の像があるベッドルームにスタスタと入った。ドアを開けたまま、像にシーツを被《かぶ》せ、素早く身なりを整える。

クローゼットに置いていたボストンバッグに着替えを詰め、密《ひそ》かに携帯電話で兼世にメールを送った。

兼世に勝手にメールを登録され、削除しなかった甲斐《かい》があった。

この際、麻薬取締官《まやくとりしまりかん》と共闘するしかない。兼世にしろ、覚醒剤撲滅を掲げ、正義を守ろうとする男だから。

氷川はボストンバッグを持ってベッドルームから出る。

案の定、清和とショウが待ち構えていた。

「清和くんとショウくんも一緒に行こう。世界遺産の高野山に」

氷川が強引に玄関に進もうとしても、体格のいいふたりが壁となって阻《はば》む。いつしか、氷川の背後にはサメがいた。

前にも後ろにも手強い兵隊。

「姐さん、結婚式っス」

ズイッ、とショウは結婚式場のパンフレットを氷川の鼻先に突きつける。

「誰の？」

「そんなの、姐さんと二代目の結婚式に決まっているっス」

「へぇ？　僕と清和くんの結婚式？」

嬉《うれ》しいはずなのに嬉しくない。今、ここで結婚式を持ちだした理由が、手に取るようにわかるからだ。

「当たり前っス。今から教会で結婚式を挙げましょう」

「教会なの？」

「マリアとゼウスとオーディンの祝福を受けて、アガペーとエロスとキューピッドの……じゃなくて、神父の前で姐さんと二代目は結婚するっス」

ショウ本人はどこまでも真剣だが、あまりにもひどすぎる。いや、単純単細胞アメーバに教育したほうが悪い。

「ショウくん、そのシナリオは誰？　祐くんにしては甘いから卓《すぐる》くんかな？」

「……え、どうしてバレる……違うっス。姐さんが白いウエディングドレスを着て、百合《ゆり》の団子を持って歩くんスよ」

ショウが力説すると、サメが背中からカサブランカのブーケを差しだした。ショウ曰《いわ》く『百合の団子』だ。

氷川はカサブランカのブーケを受け取らず、しかめっ面の清和を見上げた。

「じゃ、清和くん、プロポーズしてよ」

氷川が聖母マリアのように微笑《ほほえ》むと、結婚式の新郎になる男は固まった。脳天から魂が飛んだようだ。

「清和くん、僕と清和くんの結婚式でしょう。プロポーズして」

氷川は周囲に可憐《かれん》な白い花を飛ばした。

それなのに、相変わらず清和は石像と化している。

どんなに耳を澄まして待っても、口下手《くちべた》で不器用な新郎の声は聞こえない。

しーん、と静まり返っている。

愛している、結婚してください、それだけでいいんだよ、と氷川が黒目がちな目で語りかけても、返ってくるものは静寂だけ。

櫛橋《くしはし》のオヤジのプロポーズのセリフだ、ほら、俺の子供を産んでくれっ、とショウはヒソヒソ声で清和に耳打ちした。

清和と同じようにショウも我を見失っている。どんな奇跡が起こっても、男である氷川は清和の子供を出産できない。

あ～ぁ、と天を仰いだのがカサブランカのブーケを手にしたサメだ。

「清和くんはちゃんとプロポーズしてくれないんだね」

玄関の壁と化した清和とショウに焦《じ》れたのか、呆れ果てたのか、とうとうサメがカサブランカのブーケを押しつけながら口を挟んだ。

「姐さん、我らが昇《のぼ》り龍《りゅう》を見くびらないでくれ。本番には強いんだ。プロポーズは本番だ。教会で一世一代のプロポーズをして、史上最高の愛の誓いをする」

「ふ～ん、じゃあ、結婚式場に行こうか」

氷川がカサブランカのブーケを受け取ると、サメは満面の笑みを浮かべた。

ボカッ、ボカッ。

サメは清和とショウを順番に蹴《け》り飛《と》ばし、玄関のドアを開けさせる。

誰も一言も口にしない。

エレベーターの中も重苦しい無言だ。

地下の駐車場で銀色のリンカーンに乗り込むと、運転席に座ったショウは日の丸を背負った特攻隊員のような顔で言った。

「出撃しますっ……じゃねぇ、出します」

どんなにショウの心が荒れていても、眞鍋組随一の運転技術に影響はない。スムーズに発車させ、眞鍋第三ビルを後にする。

瞬《また》く間《ま》に、清和が統治する街を通り過ぎた。隣接する桐嶋組のシマではなく、ほかの組のシマを進む。

「僕は桐嶋さんに参列してほしいな」

無駄だと思いつつも、口にせずにはいられなかった。

「姐さん、桐嶋組長はシマから離れるわけにはいきません」

「そんなに桐嶋組のシマは危険？」

「そんなことより、結婚式です。結婚式ですよ」

サメは強引に話題を変えると、結婚式の進行を滔々《とうとう》と口にした。

「バージンロードの姐さんの付き添いはホストクラブ・ジュリアスのオーナーです。新婦のフラワーガールはショウの姪《めい》っ子《こ》です。ショウの姪っ子とは思えないくらい可愛《かわい》い子ですから安心してください」

「僕、白無垢《しろむく》がいい」

氷川がつまらなそうに意見を言うと、サメはやけにテンションの高い口調で答えた。

「もちろん、白無垢も着ていただきます。教会で神父の前で愛の誓いをした後、白無垢に着替えていただき、披露宴です」

「僕、仏前結婚式がいい」

高野山の福清厳浄明院で結婚式が執り行われていることは知っている。落ち着いた結婚式でよかった、と氷川は和歌山の病院時代の老患者から聞いた。

「純白の白百合には純白のウエディングドレスが相応《ふさわ》しい。線香臭い仏前結婚式はやめましょう」

サメはサラリと流したが、氷川の隣に座っている清和に凄《すさ》まじい緊張感が走る。運転席のショウにしてもそうだ。

「僕は高野山で仏前結婚式が挙げたい」

「高野山は墓だらけです。それも戦国武将とか明治《めいじ》維新の奴《やつ》らとか、無念の死を遂げた奴らの墓がいっぱい並んでいるから危ない」

織田信長《おだのぶなが》と明智光秀《あけちみつひで》のお墓もある、とサメは飄々《ひょうひょう》と続けながら、車窓の向こう側に広がる光景に顔を曇らせた。

警察による検問だ。

「……おかしい。今日、こんなところで検問はないはずだぜ」

ショウは怪訝な顔で首を傾《かし》げたが、検問を無視したりしない。中年の警察官の指示通り、ブレーキを踏んで、運転免許証を提示した。

清和の表情はこれといって変わらないが、警戒していることは間違いない。サメがさりげなく周囲を見ている。

若い警察官が後部座席のドアを開け、氷川に降りるように促した。清和が鬼のような顔で止めた。

「待て」

その寸前、氷川は飛び降りる。

バタバタバタバタッ、と警察官の団体に向かって突進した。一度も振り返らない。ショウが何か叫んでいたが無視する。

氷川の前に青いＢＭＷが停車し、助手席のドアが開けられた。運転席にいるのは、ホストのような兼世だ。

「姐さん、痺《しび》れるぜ」

兼世のウインクに構わず、氷川は助手席に乗り込んだ。

「兼世くん、高野山に急いでっ」

氷川がシートベルトを締めるや否や、兼世はアクセルを思い切り踏んだ。物凄《ものすご》いスピードで走りだす。

瞬く間に、清和たちが足止めを食らっている検問が見えなくなった。

「姐さん、ラブコールがもらえるとは思っていなかった。このままホテルに直行してもいいぜ」

兼世は堂々とスピード違反しているが、氷川は咎めたりはしなかった。一刻も早く、藤堂に会いたい。

「兼世くん、僕は冗談につきあっている暇がない。さっさと高野山に行って。藤堂さんが偽坊主ルートを復活させるとは思えない」

「じゃ、なぜ、高野山に行ったんだ？　福清厳浄明院の美坊主は元は藤堂子飼いのシャブの売人だぜ？　偽坊主ルートでどれだけ多くのシャブ中が増えたと思っているんだ？」

兼世も藤堂の高野山入りは偽坊主ルート復活のためだと推測している。怒りと嫌悪感を隠そうともしない。

「わからないから高野山に行くんだ。きっと理由は高野山でわかる」

「ウラジーミルは楊一族のルートを掠《かす》め取《と》るために確実に頭目を殺したかった。だから、影武者を利用して始末した。前々から藤堂と時期を相談して高野山で落ち合う……相談していたらわざわざ明和《めいわ》に顔を出さないよな？」

藤堂とウラジーミルの共闘として推理したが、まとまらないらしい。兼世は忌《い》ま忌《い》ましそうに舌打ちをした。

「うん、兼世くんはちゃんとわかっているね。きっと、今回のウラジーミルの事件と藤堂さんの高野山行きは関係ない……」

氷川は一呼吸おいてから神妙な面持ちで呟くように言った。

「藤堂さん、東京でウラジーミルに騒がれるのがいやで高野山に逃げたのかもしれない」

ウラジーミルの出現だけで、眞鍋組を筆頭に日本の暴力団は浮き足立つ。藤堂の近くによればなおさらだ。

「よりによって、高野山？」

「高野山は外国人の観光客が多いって聞いた。禅とか、海外ではブームなんでしょう？」

「姐さん、真言《しんごん》宗で座禅はくまない」

清和を出家させる気満々だが、氷川はそちら関係の知識に疎かった。まだじっくり調べる時間がないのだ。

「……うん、まぁ、外国人の観光客がいっぱいで英語の土足禁止の看板があっても土足で上がってくるから大変だとか、聞いた」

「姐さん、藤堂の特技が射撃と影武者作りだと知っているか？」

サメは掴んでいるはずだぜ、と兼世はスピードを上げながら続けた。バックミラーには眞鍋組の追跡らしき車が現れる。

早い。

が、ショウがハンドルを握る銀のリンカーンではない。

「……ショウくんじゃないから大丈夫……っと、影武者？」

「去年か、イジオットには影武者作りのスペシャリストが現れた。ウラジーミル直属で東洋人だ。たぶん、藤堂だぜ」

影武者作りのスペシャリスト、という言葉自体、氷川は初めて耳にした。しかし、説明されなくてもなんとなく理解できる。

「藤堂さんが影武者作りのスペシャリスト？」

「ウラジーミルの影武者は藤堂の指導によって作られた」

「……え？」

「十中八九《じっちゅうはっく》、モスクワで楊一族の頭目と一緒に死んだ影武者は藤堂の作品だ。そうじゃなきゃ、楊一族の頭目は交渉の場に現れたウラジーミルが影武者だと気づいたぜ」

サメが摑んでいる情報は清和に報告されているはずだ。これではますます藤堂に対する疑惑が深まる。

氷川にはいやな予感がした。

「……兼世くん、もっと速く。まだ高野山に着かないの？」

こうしている間にも、清和はヒットマンを高野山に送り込んでしまうかもしれない。自分には優しい男が恐ろしい極道だと知っている。敵には容赦しない苛烈な男だとわかっている。だからこそ、生き延びていることも。

「麗《うるわ》しの白百合、と呼ばせてもらおう。麗しの白百合よ、高野山がどこにあるか知っているよな？」

「知っている」

「どんな手を使っても、一時間や二時間じゃ、無理だぜ」

「飛んで」

パンッ、と氷川は勢いよく兼世の膝《ひざ》を叩いた。都内を走っていること自体、もどかしくてたまらない。

「無茶を言うな」

「清和くんが藤堂さんに手を出す前に飛んでっ」

清和くん、許さないよ、それだけは許さないからね、お願いだからやめて、と氷川は心の中で愛《いと》しい男に縋る。

「あぁ、ウラジーミルが藤堂の盾になるんじゃないか？」

その心配はしなくてもいい、と兼世は言外に匂《にお》わせている。藤堂の身に危機が迫っていたら、兼世が保護していたかもしれない。

「ウラジーミルが藤堂さんを守ってくれる?」

確かに、ウラジーミルならば藤堂を守る。ちゃんと守る力も持っている。時に恐ろしい冬将軍は盾になる。

「今回、裏で糸を引いているのは誰だ? 藤堂か?」

兼世に意味深な横目で尋ねられ、氷川は長い睫毛《まつげ》に縁どられた瞳を揺らした。

誰が書いたシナリオなのか。自分も清和も誰かが書いたシナリオ通りに動いているのか。ウラジーミルだとは思えないし、桐嶋だとも思えないし、祐だとも思えないし、眞鍋組関係者だとも思えないし、イジオット関係者だとも思えないし、長江《ながえ》組関係者だとも思えないが。

確かに、すべてのシグナルは藤堂を指している。間違いなく、中心にいるのはスマートな紳士だ。

「……藤堂さんだと思う。けど、絶対に藤堂さんは覚醒剤の売買なんかに乗りださない。ワインとか、ワインのおつまみとか、お菓子とか、ワイングラスとか、お皿とか、なんか、そういうお洒落《しゃれ》なものを貿易会社で扱っているんだ。藤堂さんらしいでしょう」

「藤堂はそんな可愛いタマじゃねぇ……と、来たぜ」

兼世は藤堂について反論しかけたが、腹立たしそうに口元を歪《ゆが》めて、赤信号でブレーキを踏んだ。さすがに、交通量の多い四差路で信号無視はしない。

「誰が来たの？」

清和くん、と氷川は身構えた。

「魔女とガキだ」

車窓の向こう側には線の細い美青年と幼い男の子がいた。氷川は銀縁の眼鏡をかけ直して凝視する。

眞鍋組で一番汚いシナリオを書く祐と、橘高《きったか》家で養育している裕也《ゆうや》だ。氷川にとって、裕也は自分の子供に等しい。

「祐くんと裕也くん？」

どうしてこんなところに。

氷川の全身に稲妻が走った。

可愛い子供が。可愛くてたまらない息子が。『お母さん』と呼んで懐《なつ》いてくれる息子が。魔女と手を繋《つな》いでいる。

「飛ばすぜ」

信号が赤から青に変わる瞬間、兼世はアクセルを踏んだ。眞鍋組の参謀が現れたら、そうやすやすと突破できない。

氷川は真っ青な顔で兼世を止めた。

「兼世くん、止めて」

氷川がハンドルに手を伸ばしたので、兼世は慌てて停車した。

「姐さん?」

魔女は眞鍋組の地下室にある大きな釜《かま》で人を茹《ゆ》でて食べるという。世にも恐ろしい魔女の中の魔女だ。

魔女の毒牙《どくが》にかかったら、裕也などは一溜《ひとた》まりもない。

「可愛い息子が魔女に食われるっ」

氷川が車から飛び降りると、タッタタッタタッ、と裕也が手を振りながら駆けてきた。目の中に入れても痛くないいやんちゃ坊主だ。

「お母さん〜っ」

がばっ、と裕也は甘えるように氷川に抱き着いた。

「裕也くんっ」

氷川は優しく裕也を抱き締める。

可愛い息子はまだどこも食べられてはいない。別れた時と同じく、元気潑剌《はつらつ》とした健康優良児だ。

「お母さん、あのね。僕は祐兄ちゃんと結婚式する」

氷川の心臓が止まった。

確実に止まった。

酒・たばこ

心臓マッサージの必要性を感じられないぐらい止まった。

「これから僕と祐兄ちゃんの結婚式なんだ。お母さんも来て」

可愛い息子が何を言ったのか。いとけない息子が何を言いだしたのか。よりによって、魔女と結婚式を挙げると言ったのか。

大事な息子が地獄に落ちる。

「……お、お母さんは許しませんーっ」

氷川は思いの丈を込め、辺りに響き渡るような大声で叫んだ。可愛い息子を地獄に落とすわけにはいかない。

「僕、祐兄ちゃんと結婚する」

裕也は屈託のない笑顔を浮かべるが、氷川の顔は凍りついている。最後の理性を振り絞り、裕也に般若顔は見せない。

「絶対に駄目」

「なんで？」

裕也のきょとんとした顔が無邪気で可愛いが、氷川の頬《ほお》はまったく緩まなかった。

「前も駄目って言ったでしょう。覚えていないの？」

「僕は祐兄ちゃんをお嫁さんにするの」

裕也のつぶらな目は、祐に愛を誓っている。

……ように見える。

見えるからこそ恐ろしい。

「絶対に駄目。絶対に許さない。魔女のどこがいいの？」

氷川はぎゅっ、と裕也を抱き締め直した。

「魔女がいいの」

確かに、祐はどこからどう見てもヤクザには見えない。顔立ちだけ見れば、祐のほうが女性的だ。身長が高いから女性に間違えられないし、儚《はかな》いムードがないのかもしれない。

だが。だが。だが。だが、その性格は。

「魔女は怖いよ」

「魔女は怖くないよ」

祐を語る裕也の目がやたらキラキラしている。怖いもの知らずにもほどがある。眞鍋組の鉄砲玉でも名前を聞いただけで震えあがっているというのに。

「魔女は怖いよ。清和兄ちゃんだって、お祖父《じい》ちゃんだって、ショウ兄ちゃんだって、魔女が怖くて泣いているんだよ」

「魔女は優しいよ」

やんちゃ坊主から爆弾発言が飛びだす。

優しい、という形容はどんな大金を積まれても魔女につけられない。氷川の白皙《はくせき》の美貌《びぼう》が闇に染まった。

「魔女のどこが優しいの？」

「いっつもクマのチョコくれるの」

祐くん、裕也くんを大好物で釣ったな、その手を使っちゃ駄目でしょう、と氷川は平然と立つ策士を横目で睨《にら》み据《す》えた。

餌付《えづ》けした甲斐があった、と祐の綺麗な目は勝ち誇っている。

「裕也くん、クマのチョコレートで惑わされちゃいけません」

裕也はチョコレートを食べだすと止まらないから、氷川は心を鬼にして何度も止めた。それが母の役目だ。

「祐兄ちゃんのくれるクマのチョコが美味《おい》しいの」

有能な策士のことだから、裕也好みのクマのチョコレートを選んだのだろう。氷川は今まで裕也への手土産の選択に、力を注いだことはなかった。

「そのうち、必ず『白雪姫』の毒リンゴみたいに毒チョコになるよ」

グリム童話に登場する魔女が祐に重なる。なんの下心もなく、祐が裕也にクマのチョコレートを与えるとは思えない。

「毒チョコ、食べる」

裕也は指を咥《くわ》えた。

「……い、いくらショウくんでも毒チョコは食べないよ。あのショウくんでも魔女の毒チョコは食べないよ」

「毒チョコ、欲しい」

僕の息子はショウくんより頭が悪いの、と氷川は天真爛漫《てんしんらんまん》な裕也に卒倒しかけた。ショウくんより頭が悪いなんてこれからの人生はどうなるの、魔女に利用されて搾り取られるだけじゃすまない、と落ち込む。

いや、まだまだ幼い。

氷川の腕の中にすっぽり収まるサイズだ。ショウより頭が悪いわけではない。ショウぐらい成長すれば、ショウより賢くなるはずだ。……賢くなるように命がけで教育する。教育しなければならない。

裕也の実母の死に、氷川は関《かか》わっているから。

「裕也くん、意味がわかってないよね」

氷川が切々とした口調で言うと、裕也は小さな手足をバタバタさせた。

「祐兄ちゃんとの結婚式で、僕はでっかいクマのチョコケーキを食べるの」

「……ひょっとして、結婚式はクマのケーキを食べるものだと思っているの？」

「結婚式でクマのケーキを食べたら、祐兄ちゃんは僕のお嫁さんなんだよ」

「お母さんは絶対に許しません。保育園には可愛い女の子がいっぱいいたでしょう。裕也くんのお嫁さんになりたがっている女の子がいるよ」

裕也が通っている保育園には、天使のような女児がたくさんいた。初恋ならば優しくて綺麗な保母でもいいのに。

よりによって、大事な息子が魔女に夢中。

氷川は世の不条理を嚙《か》み締《し》めた。

「祐兄ちゃんがいいの」

「絶対に駄目」

微《かす》かに残っていた理性を振り絞り、裕也に対して怒鳴ったりはしない。般若面を晒したりもしない。裕也の前で祐を罵《ののし》ったりもしない。

ただ、そろそろ堪忍袋の緒が切れそうだ。

あまりにも祐を語る裕也の目がキラキラしている。

「お祖母《ばあ》ちゃんはお祖父ちゃんのお嫁さん。僕のお嫁さんになれない」

何を思ったのか不明だが、裕也は橘高夫妻を口にした。清和の養父母は裕也に無償の愛を注いでいる。

「そうだね。お祖母ちゃんはお祖父ちゃんのお嫁さんだね」

どうして典子《のりこ》さんや橘高さんは裕也くんを説得してくれないの、と氷川は裕也を溺愛《できあい》している橘高夫妻を心の中で詰《なじ》った。

「お母さんは清和兄ちゃんのお嫁さんだ。僕のお嫁さんになれない」

裕也に舌足らずな声で指摘され、氷川はコクリと頷《うなず》いた。

「うん。そうだ。僕は清和兄ちゃんのお嫁さんだからね」

僕がお嫁さんになってあげるから、と氷川は喉《のど》まで出かかったが、すんでのところで思《おも》い留《とど》まった。

たとえ、祐を諦《あきら》めさせる方便であれ、清和を考慮すれば口にできない。大事な裕也に対しても悪い。

愛しい息子には誠実に向き合う。

もし、氷川が清和の隣に座らなければ、裕也の実母は生きていたはずだ。

清和が氷川を二代目姐にするため、それまで二代目姐候補として囲っていた美女を捨てたことが、悲痛極まりない抗争の原因だった。あの時、裕也と実母が人質に取られなければ、また違った幕引きになっていただろう。

狙《ねら》うなら僕を狙えばいいのにどうして、と氷川は今でも思いだすだけで心が痛む。

「祐兄ちゃんは誰かのお嫁さんじゃない。僕のお嫁さん」

どんな手を使っても、裕也には幸せになってほしい。愛し子の幸福な人生に魔女という嫁は無用だ。

「祐兄ちゃんはお仕事が忙しいからお嫁さんは無理」

「お母さんみたいに家出しない、って祐兄ちゃんが言っていた」

いきなり何を言いだすのか、裕也は楽しそうにはしゃいだ。

「……な、何を祐兄ちゃんから聞いたのか知らないけど忘れようね。お母さんは家出なんてしていないから」

祐を始めとする眞鍋組の面々が執拗《しつよう》に『家出』と皮肉を飛ばすのは、和歌山の山奥にあった人手不足の病院勤務である。こともあろうに、魔女は裕也の耳にまで入れたというのか。

「祐兄ちゃんはお母さんみたいに清和兄ちゃんをいじめたりしない、って」

嘘つき、祐くんが清和くんをいじめているんじゃないか、と氷川は心の中で反論した。もちろん、祐が清和に命を捧《ささ》げていることは知っているが。

「お母さんは清和兄ちゃんをいじめていない」

誤解しないで、と氷川は裕也の頭を優しく撫《な》でた。この小さな脳みそに埋め込まれた祐というチップを消滅させたい。

「お母さんは清和兄ちゃんもショウ兄ちゃんも卓兄ちゃんもいじめた。わんわん泣かせた」

「泣かせていないよ」

「お母さんはお祖父ちゃんも安部《あべ》のおじちゃんも泣かせたの」

いじめちゃめっ、と裕也は氷川の頰に音を立ててキスをする。チュッ、と。

「誤解しないでね。お母さんは誰もいじめていないし、泣かせてもいないよ」

「お母さんが一番強い」

一番、と裕也は人差し指を高く掲げた。

「だから、一番強いお母さんに聞け、って祐兄ちゃんに言われた」

「なんて言われたの？」

「僕と結婚式してもいいか」

裕也のつぶらな目に星が飛んだ。

「駄目に決まっているでしょう」

「なんで？」

ふりだしに戻る。

氷川の今までの言葉がまったく愛し子に届いていない。やはり、ショウより頭の出来がよろしくないのだろうか。

「裕也くん、わかってくれるまで何度でも言うよ。腕力勝負には自信がないけど、根性勝負には自信があるんだ」

いつしか、兼世を眞鍋組の長身の男たちが取り囲んでいた。清和は鈍く光る拳銃《けんじゅう》を構え、ショウや宇治《うじ》、吾郎《ごろう》はジャックナイフの切っ先を向けている。

氷川を連れ去った兼世に。

「マトリ、覚悟しているな」

ショウがジャックナイフで兼世の頬を斬《き》った。

その寸前、兼世はスルリと身を躱す。

「おいおい、麗しの白百合の気持ちも考えてやれよ」

兼世の余裕綽々《よゆうしゃくしゃく》な態度に、ショウや宇治、吾郎といった若手構成員に加え、清和まで激烈な殺気を漲らせた。

「うるせぇ。マトリは黙っていろ」

「俺の目的は麗しの白百合のバックじゃない。厚生労働省一の美人のバックだ」

「黙れ、って言ったのが聞こえねぇのかよ」

「厚生労働省一の美人のバック以外に欲しいものは、ヤクの絶滅だ。俺はお前らを相手にしている暇がねぇ」

兼世は憤《いきどお》る若手構成員たちや組長である清和ではなく、背後に控えている幹部や参謀に視線を流す。

ブチュッ、とサメは投げキッスを送るだけで、兼世に殺意を向ける男たちを諫《いさ》めたりはしない。祐はまるで他人事《ひとごと》のように、腕を組んだ体勢で壁に寄りかかっている。

言わずもがな、氷川には周囲を見る余裕がない。それどころか、どうして自分がここにいるのか、どこに向かっていたのか、なんのために兼世に連絡を入れて清和を煙《けむ》に巻いたのか、それすらも綺麗さっぱり忘れていた。

裕也だ。

最たる問題は魔女に籠絡《ろうらく》された息子だ。

「裕也くん、お願いだから目を覚まして」

「僕、おねんねしていないよ」

「……そ、そうじゃなくて。僕と一緒に魔女よりもっと可愛いお嫁さんを探そう」

分別のつかない子供の戯言《ざれごと》に過ぎない。

が、氷川自身、十歳年下の幼馴染《おさななじ》みに予想外の愛を告げられ、困惑したものの、受け入れたから一蹴《いっしゅう》できない。

どうしたって、子供の戯言と見逃せないのだ。

「祐兄ちゃんがいいの。早く、結婚式に行こうよ」

裕也に勢いよく手を引かれたが、氷川は下半身に力を入れて踏ん張った。まだまだ裕也に負けたりはしない。

「駄目。結婚式場は絶対に駄目」

「クマのチョコケーキを食べるの」

要はクマのチョコケーキだ、クマのチョコケーキを食べさせれば満足するかも、と氷川は裕也を甘い餌《えさ》で釣ろうとした。

「わかった。クマのチョコケーキなら僕が買ってあげるから」

氷川は切々とした調子で言ったが、裕也は大好物に反応しなかった。

「祐兄ちゃんを僕のお嫁さんにするの」

どうしてそのセリフを忘れてくれないの、と氷川の微かに残っていた理性が大気圏外に吹き飛んだ。

「それだけは駄目」

氷川の作り笑顔がとうとう崩壊する。楚々《そそ》とした日本人形が、身の毛もよだつ般若と化した。

「……っく、お母さん？」

氷川の般若面に仰天したのか、裕也は喉を鳴らした。

ポロリ、と大粒の涙を零《こぼ》す。

「……お、お母さんが……お母さんが……お母さんがーっ……」

びぇぇぇぇぇぇぇぇぇぇ〜ん、とやんちゃ坊主が耳をつんざくような大声で泣きだした。

その瞬間、氷川は我に返って狼狽《ろうばい》する。

「裕也くん、ごめん。ごめんね。裕也くんを怒ったんじゃないよ。お母さんが悪かったね。ごめんね」

　氷川は泣き続ける裕也を必死になって慰める。

　兼世に凶器を向けていた男たちも全員、大声で泣いているやんちゃ坊主に意識を注いだ。みんな、裕也の泣き声に手も足も出ない。

　ふっ、と兼世は揶揄《やゆ》したように鼻で笑うと、悠々と眞鍋組の男たちから離れた。車に乗り込み、あっという間に去っていく。

　当然、氷川は周りで何が起こったのか、まったく気づいていない。

「……ひっく……っく……お母さん……ひっく……」

　裕也は氷川の胸に顔を擦《こす》りつけて泣きじゃくる。般若と化した顔を見ても、母と呼んでいる氷川から逃げたりはしない。

　だからこそ、氷川は余計に可愛くてたまらない。

「裕也くん、ごめん。ごめん。怖かったね」

「……お母さんはニコニコ……一番綺麗なの……いっつもいっつも一番綺麗なの……」

「うん、そうだね。裕也くんのためにいつもニコニコしているよ」

「お母さん、綺麗なかっこして」

　かつて裕也のおねだりに負け、氷川は気が進まなかったが女装した。それが新たな騒動の原因となった。

「……う」

「祐兄ちゃんに綺麗なかっこ……僕のお嫁さんのかっこしてもらう……」

たとえ裕也の涙が止まらなくても、魔女との縁組だけは阻止する。氷川には母親としての凄絶《せいぜつ》な使命感があった。

魔女との結婚、恋心でさえ地獄行きの特急列車に乗車することに等しい。

「それは絶対に駄目」

氷川は母親としての迫力を滾《たぎ》らせる。

「……僕のお嫁さん……」

やんちゃ坊主はなかなかしぶとい。

「裕也くんの結婚式は裕也くんが清和兄ちゃんより大きくなってから」

今日、裕也に禍々《まがまが》しい魔女を諦めさせることは無理だ。氷川は自国の政治家を倣《なら》って問題を先送りにした。

「明日？」

「明日、裕也くんは清和兄ちゃんより大きくなれないと思う」

「明日の明日？」

「明日の明日も無理だ」

「お母さん、お腹《なか》が空いた」

突然、ガラリと話題が変わったが、裕也にはよくあることだ。新米ママとはいえ、氷川も理解した。

「ご飯にしようか」

「クマのチョコケーキ」

氷川は泣き腫《なは》らした裕也の目をハンカチで拭《ふ》いた。チーン、と鼻もかませる。その仕草は母親そのものだ。

「ご飯を食べてから、クマのチョコケーキを食べよう」

「お母さんのお嫁さんのかっこが見たい」

裕也が甘えるように氷川に抱き着く。

「わかった」

氷川は裕也を抱き上げると、初めて周りに視線を向けた。

アルマーニの黒いスーツに身を包んだ清和がいる。右腕のリキは見当たらないが、ショウや宇治、吾郎に卓といった目をかけている若手構成員たちがズラリと揃《そろ》っていた。サメは十字架を握り、銀色のリンカーンに寄りかかっている。

異様な空気が流れていた。

「役立たず」

祐がこれ以上ないというくらい冷酷な目で、清和やショウといった眞鍋組の男たちを咎めている。

どうやら、氷川は清和が引き止めておかなければならなかったようだ。すみません、と若手構成員たちはずっと頭を下げ続ける。

「そこのクリスチャン、こんなに役立たずとは思わなかった」

祐の辛辣《しんらつ》な嫌みをサメは十字架でガードした。

「さすが、切れる参謀は違うわ。裕也ダーリンを繰りだすなんてやるわね」

祐は氷川を止めるため、裕也を連れだしたのだろう。

それは氷川自身、気づいている。祐の汚い策だと、わかっている。だが、もはや、そんなことはどうでもいい。

この際、裕也が祐と結婚式を挙げたい、と言わなければそれでいい。祐に花嫁姿をさせるなら自分がなる。

「清和くん、結婚式だ」

氷川の爆弾宣言に、清和が即身仏になった。ショウや宇治、吾郎や卓といった眞鍋の男たちも即身仏になった。

「さすが、どこにどう飛んでいくかわからない核弾頭」

祐の皮肉たっぷりの言葉が、即身仏と化した男たちの心情を物語った。もちろん、氷川は意に介さない。

7

裕也《ゆうや》が空腹を訴えたから、近くにあったレストランで食事を摂《と》る。決して、憎き魔女を裕也に近寄らせない。

　氷川《ひかわ》が甲斐甲斐《かいがい》しく幼い裕也の世話を焼いた。

「ほら、裕也くん、オムライスにクマさんだよ」

　裕也のために注文したオムライスには、ケチャップでクマが描かれている。レストラン側のサービスだ。

「お母さん、クマだね」

　裕也の鼻息が荒くなり、必然的に氷川の頰《ほお》も緩む。

「そうだよ。可愛《かわい》いね」

　氷川が裕也にオムライスを一口食べさせた。

　モグモグした後、裕也は自分でスプーンに手を伸ばす。付け合わせのニンジンやブロッコリーには目もくれない。

　どうやって、ニンジンを裕也の口に放り込むか。

　これが氷川の母親としての戦いだ。

「本当のクマも可愛い？」

「可愛い……あ、クマの事件が……ううん、クマは可愛いよ」

氷川の脳裏に人を襲う野生のクマが浮かんだ。開発による森林伐採や自然災害などで、野生のクマが餌《えさ》を求めて人里に下り、痛ましい事件が勃発《ぼっぱつ》しているという。けれども、ここで子供の夢を壊す必要はない。何しろ、クマは裕也お気に入りの動物だ。在《あ》りし日《ひ》の清《せい》和《わ》もクマがお気に入りだった。

「お母さん、クマが見たい」

いきなり、裕也はスプーンを握った手を振り回した。

「クマが見たいの？」

「ウサギも見たい」

「ウサギ？」

「ゾウも見たい」

裕也のリクエストを叶《かな》えるには動物園に行くしかない。

「動物園に行こうか」

「うわ〜い」

裕也が興奮の余り子供用の椅子《いす》に立ち上がった。ぴょんっ、とそのまま椅子から飛び降りてしまう。

タッタッタッ、とレストランの出入り口に走ったから焦った。

「裕也くん、待って。ご飯を食べてから」

裕也用のオムライスは半分以上、残っている。よく食べる子供だから、一時間も経《た》たないうちに空腹を訴えるはずだ。まず、今、食べさせておきたい。

「クマと一緒に食べる」

「クマはクマ同士でご飯を食べるの。裕也くんはここでお母さんや清和兄ちゃんと一緒にご飯を食べるの」

追いかけて、と氷川が声を上げる前に、ショウがソーセージを咀嚼《そしゃく》しながらスタートを切っていた。

すぐにやんちゃ坊主を捕まえる。

「裕也、姐《あね》さんに比べたらお前は楽だ」

ショウが感情を込めて言うと、宇治《うじ》や卓《すぐる》、吾郎《ごろう》といったほかの面々が同意するように相《あい》槌《づち》を打った。

「姐さん？　誰？」

「裕也のお母さんだ。ひでぇよ。俺たちみんなをいじめやがる」

「お母さんが一番強いんだね」

どんなに裕也が足をバタバタさせてもショウは笑っている。店のスタッフも楽しそうに、裕也にキリンの玩具《おもちゃ》を持ってきた。

氷川にもいろいろと言いたいことはあったが、裕也の手前、ぐっと堪《こら》える。そして、オマール海老《えび》を食べている清和に釘《くぎ》を刺した。

「清和くん、裕也くんに変なことを教えないでほしい」

「………」

「それから、わかっていると思うけど、藤堂《とうどう》さんに何かしたら許さないよ」

すっかり忘れていたわけではないが、すっかり忘れていたのかもしれない。氷川は今さらながらに藤堂の身を案じた。

「僕が問《と》い質《ただ》すからそれまで待って」

「やめろ」

「今日は裕也くんを動物園に連れていく。明日は……」

氷川の言葉を遮るように、清和はナイフとフォークを持ったまま凄《すご》んだ。

「やめてくれ」

苦虫を嚙《か》み潰《つぶ》したような清和の顔から、氷川は状況を読み取る。どうやら、藤堂のヒットは諦《あきら》めたようだ。

祐《たすく》がハーブのスフレを一口食べてから、いけしゃあしゃあと口を挟んできた。

「姐さん、安心してください。二代目は姐さんさえそばにいてくれたら、藤堂など、眼中にありませんから」

　おそらく、誰よりもビジネスマンらしい祐が算盤《そろばん》を弾き、メリットとデメリットを天秤《てんびん》にかけたのだろう。

　結果、秀麗な参謀が苛烈《かれつ》な昇《のぼ》り龍《りゅう》を抑え込んだ。

「……祐くん、祐くんとはいずれ、じっくりと話し合いたい」

　何が嫁だ、お嫁さんだ、絶対に許さないから、と氷川は祐を睨《にら》み据《す》えた。嫁いびりをする姑《しゅうとめ》の気持ちが痛いぐらいわかる。

　そう、まさしく嫁と姑だ。

「姐さん、俺も姐さんとじっくり話し合いたい」

　嫁は姑が投げた白い手袋を拾う。

　嫁と姑の戦いの火蓋《ひぶた》が切って落とされた。

　いや、食事を終えてレストランを出た後、祐は仕事だと言って立ち去る。氷川は裕也を抱き締め、祐にお別れのキスをさせなかった。

「僕、お嫁さんにチュウするの」

　裕也はキスを求めて唇を尖《とが》らせるが、氷川は懸命の作り笑顔で阻《はば》んだ。

「駄目」

「祐兄ちゃんにチュウしたかったのに」

「チュウならお母さんとしよう」

氷川がキスをねだると、裕也は無邪気な笑顔を浮かべた。チュッチュッチュッ、と氷川の白い頬にキスを連発する。

裕也は氷川や橘高《きったか》夫妻に対するキスは頬やおでこだが、祐には唇に勢いよくキスをした。幼いながら、祐を特別扱いしているのだ。

断じて許さない。

氷川は裕也のキスを両頬に受け、改めて魔女への警戒を確認した。


動物園に一歩足を踏み入れた途端、裕也は目をキラキラさせて氷川の手を離した。タッタッタッ、とやんちゃ坊主は元気よく駆けだす。

「裕也くん、待って」

祝日の動物園は親子連れでごった返し、迷子のアナウンスが流れている。裕也と同じ年頃の子供が特に多い。

氷川が叫ぶ前に、ショウと卓は走りだした。

「ショウくん、卓くん、裕也くんを捕まえて」

卓はクルリと振り返ると、清和に向かって言い放った。

「絶対に姐さんから目を離さないでください。次、姐さんを逃がしたら俺たちは全員、火あぶりです」

卓は言うだけ言うと、親子連れのグループの向こう側に消えた。すでに裕也とショウはどこに行ったのか、まったくわからない。

「……清和くん？」

氷川は動物園で悪目立ちしている極道を見上げた。いつも影のように付き従っているリキがいないからマシかもしれないが、清和ひとりでも充分、不審人物だ。

「逃がさない」

清和の鋭い双眸《そうぼう》が灼熱《しゃくねつ》の矢となって氷川を突き刺す。

「誰も逃げたりしない」

「……おい」

「僕が清和くんから離れるわけないでしょう」

かつて氷川の膝《ひざ》ではしゃいだ幼馴染《おさななじ》みは苛烈な極道になった。地獄を覚悟しているかのような戦いぶりに、怖くないといえば嘘《うそ》になるかもしれない。

が、一番恐ろしいことは清和を失うことだ。

愛《いと》しい男の辿《たど》り着《つ》く先が地獄ならば、氷川も地獄に堕《お》ちる覚悟はできている。離れる気は毛頭ない。

「…………」

「明日は一緒に高野山《こうやさん》に行こう。僕は奥之院を歩いてみたい」

氷川は奥之院を歩くような気持ちで、人の山ができたゾウの前を通り過ぎた。ゾウの糞《ふん》か、鼻をつく臭いが漂っている。

「…………」

「藤堂さんに手を出さなければ、僕だって強硬手段は取らなかった。悪いのは清和くんだよ」

氷川には氷川なりの正義があった。

「……おい」

「裕也くんが魔女と結婚式を挙げるなんて言いだして……どうして、清和くんは祐くんを止めてくれなかったの」

グイッ、と氷川は責めるように清和の腕を引っ張った。

「…………」

「ヒットマンは藤堂さんじゃなくて魔女に送るべきじゃないの？」

本気ではない。清和のために魔法の杖《つえ》を持ったような策士を始末したいとは思わない。

清和の藤堂に対する態度の意趣返しだ。

案の定、清和は低い声で唸《うな》った。

「魔女にはヒットマンを送り込んでも無駄だと思うけどね」

祐は実戦には呆《あき》れを通り越して感心するぐらい弱いが、それを上回る悪知恵がある。決して敵には回したくない相手だ。

「…………」

「きっとヒットマンが火あぶりになる」

「…………」

「あぁ、でも、本当に裕也くんの将来が心配だ。いったい祐くんはどこのクマのチョコレートで裕也くんの心を摑《つか》んだの？」

ぶんぶんぶんっ、と氷川は清和の腕を揺さぶった。

「…………」

「清和くん、知らないの？」

「ああ」

「役立たず」

氷川がぴしゃりと言うと、清和の渋面《じゅうめん》がますます渋くなった。

「サメくんに頼んで調べてもらわないと……」

氷川が神妙な面持ちで言った時、猿山に飛び込もうとする裕也が視界に飛び込んできた。ショウと卓はいない。

「……え？　裕也くん？　やめてーっ」

氷川が真っ青な顔で悲鳴を上げた瞬間、ぴょんっ、と裕也は元気よく猿山に飛び降りた。

人間の子猿が一匹。

すかさず、人間の猿が一匹、すんでのところで裕也を捕獲する。

「……裕也くん？　ショウくん？」

腰が抜けて、氷川はその場に崩れそうになったが、清和の力強い手によって支えられた。

「裕也、お母さんに比べたらチョロイぜ」

ショウは楽しそうにやんちゃ坊主を高く掲げる。

「僕、お母さんに比べたらチョロイの？」

「チョロイ、チョロイ。裕也のお母さんはマジにすげぇんだっ」

ショウは裕也を肩車すると、スタスタと歩いていった。後ろから、卓が動物園のマップを持って続く。

「……ちょ、ちょっと、ショウくん、裕也くんに変なことを教えないで」

氷川は清和の腕に摑まりつつ、裕也を肩車したショウを追った。

「あんなに僕に懐《なつ》いてくれるのに見向きもしない」

やんちゃな男児とはそういうものかもしれないが、氷川は一抹の寂しさを感じた。もっとも、隣には愛しい男がいる。

「清和くんも動物園に来たかったよね。クマを見に行こうか？」

「…………」

「クマはどこかな……あ、あれ？　裕也くん？」

裕也はショウの肩車で立ち上がると、クマの檻《おり》に飛び込もうとした。

「裕也、甘いぜ」

ガシッ、とショウは裕也の小さな身体《からだ》を捕獲する。

「ショウ兄ちゃん、離してよ。クマと修行するの」

「なんで、クマ公と修行したいんだ？」

「クマは強い」

「馬鹿《ばか》だな。クマなんかより、裕也のお母さんのほうが強いぜ」

「お母さんはライオンより強いの？」

「当たり前だ。ライオンなんてお母さんに比べりゃ可愛いもんだ」

これ以上、ショウに裕也を任せておけない。氷川は母親の顔でショウから裕也を引《ひ》き剥《は》がした。

「ショウくん、裕也くんにおかしなことを吹き込まないで」

「お母さん、俺は裕也に正しいことを教えているだけっス」

「正しいことじゃないでしょう」

裕也の手前、氷川はにっこり微笑《ほほえ》んだが、なんの効果もなかった。ショウと卓は風か何かのように無視する。

そのうえ、裕也が目をらんらんと輝かせて言った。

「やっぱ、お母さんが一番強い。いじめてる」

どうしたら可愛い息子の誤解が解けるか、氷川は心の底から悩んだ。それ以上に裕也の心から魔女を消し去ることに精力を注いだ。


その夜は動物園の興奮が冷めやらぬ裕也にねだられ、氷川と清和は子供が好きそうなホテルに泊まった。

典子《のりこ》も育児で疲れているから息抜きにちょうどいい。清和にそんな時間があるのか不明だが、氷川はあえて尋ねなかった。

「裕也くん、おねんねしようね」

氷川は動物園のショップで購入したクマの着ぐるみのようなパジャマを裕也に着せた。可愛いなんてものではない。

「お母さん、ライオンとクマと一緒におねんねしたい」

「お母さんと清和兄ちゃんと一緒におねんねしよう」

「うん」

当然、ダブルベッドで三人並んで横たわる。真ん中は動物園で清和が買ったクマのぬいぐるみを抱いた裕也だ。

この純真な笑顔を守りたいと心の底から思った。

8

翌日、クマのパンケーキの朝食を摂《と》った後、裕也《ゆうや》を橘高家《きったか》に送った。なんでも、今日は保育園仲間と遊びに行く約束があるという。

「お母さん、またね。またお母さんの子分のところに行こうね」

ぴょんっ、と裕也はクマのぬいぐるみを抱いて車から飛び降りた。

「僕の子分？」

「クマとライオンはお母さんの子分」

動物園でショウが言ったことを裕也は覚えてしまった。記憶力が悪いわけではない。どうやら、忘れてほしいことを忘れず、覚えてほしくないことを覚えてしまう頭だ。

「……ん、誤解はお祖母《ばあ》ちゃんに解いてもらうしかないのかな」

典子《のりこ》に裕也を渡し、氷川《ひかわ》と清和《せいわ》は橘高家を後にする。銀色のリンカーンを運転しているのは卓《すぐる》だ。

「清和くん、裕也くんの僕に対するイメージが偏ったままだ。どうしてくれるの？」

氷川は無言の清和の横顔から、その心情を読み取った。お前はショウの言った通りじゃないか、と。

「……ちょ、ちょっと、清和くんまでショウくんと同じことを考えているの?」

「…………」

「ひどい。僕はライオンに襲われたら食べられるよ」

動物園のライオンはだらしない姿で寝ていたが、鋭い牙《きば》や爪《つめ》は健在だ。その気になれば獲物を仕留めることができる。

「…………」

「クマにも勝てる気がしない」

チョコレートやパンケーキのクマは可愛《かわい》いが、実物のクマは可愛いというより大きい。

「…………」

「橋高さんとか安部《あべ》さんとかリキくんとか、眞鍋《まなべ》組にはクマ相手でも対抗できる人がいそうだけど……そういえば、ショウくんは野生のイノシシに勝った」

「…………」

「僕の偏ったイメージより、なんとかしなきゃ駄目なのは裕也くんのお嫁さんだ。僕は絶対に魔女の嫁なんていやだよ」

ホテルで夕食を摂った時、裕也の嫁取りの話が出て、氷川は絶品のブイヤベースを涙で濡《ぬ》らした。裕也がコーンスープに顔を突っ込んだことなんか可愛いものだ。

「…………」

魔女もお前もそんなに変わらない、と清和が深淵《しんえん》のさらに底で零《こぼ》していた。氷川には明確にわかる。

「清和くん？　僕と一緒になって不幸なの？」

よりによって、愛《いと》しい男が自分と魔女を同列に置く。心外なんてものではない。

「……………」

「前、祐《たすく》くんもそんな嫌みを言っていたけどね。僕と祐くんは全然違うよ。いったいどこがどう似ているの？」

眞鍋組総本部の前を通りかかった時、清和のスマートフォンに着信音が鳴り響いた。氷川の視界には、白いスーツ姿の紳士とホストのようなチンピラが飛び込んでくる。よく知っているふたりだ。

「……え？　藤堂《とうどう》さんと桐嶋《きりしま》さん？　どうして？」

眞鍋組総本部の前で、氷川と清和を乗せた車は停《と》まった。言うまでもなく、氷川は清和の制止を振り切って飛び降りる。

「いったいどうしたの？」

氷川が息せき切って尋ねると、桐嶋は礼儀正しく一礼した。

「姐《あね》さん、聞いてぇや。カズが坊主と墓の山でもやりやがった。坊主と墓の山を追いだされたんや」

高野山《こうやさん》が藤堂を追放したというのか。天空の聖域でスマートな紳士は何をしたというのだ。氷川はわけがわからなくて、瞬《まばた》きを繰り返した。

「桐嶋さん、どういうこと？」

「カズは坊主になるつもりで福清厳浄明院《ふくせいごんじょうみょういん》っちゅう御大層な寺に泊まったんや。けど、寺に泊まっていた観光客や参拝客を片っ端から惑わせて、乱闘騒ぎを起こさせたんや。ごっつかったで。線香の煙の中、香炉《こうろ》や銅鑼《どら》が飛び交う大喧嘩《おおげんか》や」

寺の仏像も曼荼羅《まんだら》灯《とう》も倒れたし、仏天蓋《ぶつてんがい》は落ちたし、屏風《びょうぶ》も掛け軸も破れた、止めに入った美坊主が失神した、と桐嶋は腕を振り回しながら力んだ。

「……え？」

氷川がきょとんとした面持ちで首を傾《かし》げると、桐嶋の声音にはますます力がこもった。

「カズが狂わせたんは寺に泊まった観光客やお参りに来た観光客だけちゃうで。ちょっと外を歩いただけで、一ダースの外国人観光客に惚《ほ》れられて大騒ぎになったんや。しまいにゃあ、坊主まで惑わしやがった。それもひとりやふたりちゃう。純情そうな坊主を三人、坊主の卵が五人、カズにコロリといってもうたんや。カズに坊主は無理や、ってとう寺の一番偉い坊さんがカズを追いだしたんや」

藤堂の魔性の男っぷりは、日本屈指の霊峰でも健在だった。出家することさえ、できなかったというのか。

鼻息の荒い桐嶋とは裏腹に、当の本人である藤堂は泰然としている。氷川が知っているふたりだ。

「桐嶋さん、見てきたような口調だね」

「せや、うちのお姫さんは迎えに行かな帰ってきいひん。俺が迎えに行かなあかんやろ」

がしっ、と桐嶋は隣に立つ藤堂の肩を抱く。

「桐嶋さんが高野山に行ったなんて聞かなかった」

眞鍋組総本部付近に、これといった異変はなかった。長江《ながえ》組関係者が潜んでいたら、多くの眞鍋組構成員たちが目につく場所に立っていただろう。

「祐ちんとサメちんが俺の影武者を作ってくれたんや。そんな手があったんやな。助かったわ」

がはははは～っ、と桐嶋は藤堂の肩を抱いたまま、豪快な高笑いをした。どうやら、眞鍋組の諜報部隊《ちょうほうぶたい》が暗躍したらしい。

「あぁ、桐嶋さんの影武者が桐嶋組にいたんだ」

氷川は知らなかった事実に驚くと同時に、藤堂に張りついていたロシアン・マフィアのイジオットの次期ボス候補を思いだした。

「……あ、ウラジーミルは？」

桐嶋とウラジーミルが顔を合わせたら、高野山には血の雨が降ったはずだ。数々の国宝も木端微塵《こっぱみじん》に破壊されていたに違いない。

「白クマが本物か、偽者か、俺に確かめさせたかったみたいやな。けど、俺が行く前に白クマは高野山からおらんようになっとった。なんや、金髪集団に連れ去られたんやて」

察するに、ウラジーミルは本国の本部から迎えが来たのだろう。楊《よう》一族に戦争をしかけたのならば、悠長に高野山で遊んでいられない。

「よかった」

「胡麻《ごま》豆腐、土産《みやげ》や」

桐嶋から高野山土産を差しだされ、氷川は礼を言いながら受け取った。

「ありがとう」

胡麻豆腐は独特の風味がして好きだった。健康にもいいので、今夜にでも清和にも食べさせるつもりだ。

「……ほんで、ここからが本番や」

まだあるの、と氷川は桐嶋の剣幕に清楚《せいそ》な美貌《びぼう》を歪《ゆが》めた。

「まさか、藤堂さんを巡ってお坊さんたちが決闘したとか?」

「なんでか知らんけど、高野山に牧師が遊びに来ておってな。坊主と牧師がカズを巡って決闘や。あれで世界平和を偉そうにほざいてもあかんやろ」

桐嶋は一呼吸置いてから、さりげなく氷川の隣に立った清和に言った。

「眞鍋の色男、こんなところで立ち話もなんやから中に入れてぇな」

桐嶋の申し出に、清和は低く頷《うなず》いた。

そして、桐嶋と清和は肩を並べて眞鍋組総本部に入る。そうすることが自然のように、藤堂も後に続いた。

いやな予感がする。

「姐さん、送ります」

いつしか、背後に卓と宇治《うじ》が控えていた。ふたりは抗争中のようにピリピリしている。

桐嶋さんと藤堂さんが清和くんに話をしたいんだ、きっと大事な話をするんだ、僕を帰らせたいんだ、と氷川は瞬時に悟った。もちろん、藤堂のスーツの裾《すそ》を摑《つか》む。

「一般人の藤堂さんがヤクザの総本部に入るなら僕も入る」

藤堂はこんな時でも上品に微笑《ほほえ》み、氷川の手を払いのけたりはしない。

「姐さん、俺は謝罪に参上しました。離してください」

「謝罪？　なんの？」

氷川も藤堂のスーツを摑んだまま、靴音を立てて総本部に進んだ。

若い構成員たちから古参の構成員たちまで、いっせいに深く腰を折る。先頭の清和は真《ま》っ直《す》ぐに組長室に向かった。

リキが組長室の前で出迎え、清和と桐嶋のためにドアを開ける。

藤堂は組長室の前で立ち止まり、紳士然とした態度で氷川に言った。

「金が欲しくて、薬屋を再オープンしようと計画しました。眞鍋の二代目と橘高顧問を裏切った罰を受ける所存です」

ガツンッ、と氷川は仏像が頭に飛んできたような気がした。

極道界で覚醒剤《かくせいざい》を扱う暴力団は『薬屋』と呼ばれ、軽蔑《けいべつ》される。かつて藤堂が藤堂組の金看板を背負っていた頃、覚醒剤で莫大《ばくだい》な利益を上げ、『薬屋』と侮蔑《ぶべつ》されていた。金銭目的でまた覚醒剤の売買に乗りだしたというのか。橘高の協力を得て貿易会社を営み始めたというのに性懲りもなく。

「姐さん、そういうわけですからここで失礼します」

藤堂は頭を下げると、組長室に入った。

リキは組長室のドアを閉じる。

その寸前、氷川はスルリと組長室に滑り込んだ。

背後から顔面蒼白《がんめんそうはく》の卓と宇治が続き、夜叉《やしゃ》の如《ごと》き清和の目に咎《とが》められる。

「もし、それが本当なら僕の負け。僕がツルツル坊主にならなきゃ」

こっちにもこっちの事情があるの、と氷川は藤堂を真正面から見つめた。藤堂や桐嶋から察するに、何か裏があるのはわかっている。

「姐さんでしたらきっと麗《うるわ》しい僧侶《そうりょ》になるでしょう。同時に他者の煩悩《ぼんのう》を掻《か》き立てる罪深い僧侶になると思います。高野山から追放されると思いますが」

「僕、藤堂さんみたいにひどくない」

「姐さんだけには言われたくありません」

「その言葉、そっくりそのまま藤堂さんに返す」

「姐さん、眞鍋組の方々に同情します」

藤堂と氷川の微妙な言い合いを、桐嶋が仁王立ちで止めた。

「おうおう、そこの世間知らずの二乗。どっちもどっちや。どっちも俺の頭をストレス性ハゲにするお嬢さんや……まぁ、カズのほうがやらかしっぷりはごっついけどな。英語やフランス語やオランダ語やドイツ語や中国語や宇宙語や極楽語が飛び交うグローバルな大喧嘩や」

桐嶋は捲《まく》し立《た》てると、清和に頭を下げた。

「眞鍋の、そういうわけや。カズがまたやってもうた。偽坊主ルートなんぞ、復活させようと企《たくら》んだんや」

桐嶋が影武者を立ててまで、高野山に向かった理由が判明した。そういうことだったのか。藤堂を止めるためだったのか。

「福清厳浄明院に行ったのは偽坊主ルートのためか」

清和は感情をいっさい込めず、桐嶋に言葉を返した。爆発しないためか、藤堂には一瞥《いちべつ》

るわ」

「せや、院家《いんげ》の息子の美坊主がおったら、偽坊主ルートどころか、ホンマもんの坊主ルートができる。まず、ホンマもんの坊主にはサツも甘くなるからごっついシノギが期待でき

もくれない。

正真正銘の僧侶による覚醒剤の密売がどのようなものか、氷川は考えただけで背筋が凍りつく。覚醒剤中毒者が爆発的に増えることは間違いない。

「どうして、帰ってきた？」

「せやから、帰りたくて帰ってきたんちゃう。カズは純情な男をようけたぶらかして院家さんに追いだされたんや」

桐嶋は呆《あき》れ顔《がお》で手をひらひらさせた。

「諦《あきら》めたのか？」

院家を殺して息子を使えばいいだろう、藤堂ならそれぐらいやるはずだ、と清和の目は語りかけている。

断念したように見せかけて裏では坊主ルートの計画が進んでいるのではないか、と。藤堂ならばそれだけの実力を秘めているから、と。

「昔の偽坊主ルートの奴《やつ》らが眞鍋にとっ捕まったんや。もうあかんやろ。偽坊主の奴らはどないしたんや？」

「生きてはいる」

「命乞《いのちご》いはせん。好きなようにしてや」

桐嶋が憎々しげに言うと、清和は無表情で頷いた。

おそらく、清和は偽坊主ルートのメンバーを始末する気だ。桐嶋は情に厚い熱血漢なのに、いっさい庇《かば》おうとしない。それどころか、始末したい気配がある。

どういうことだ。

おかしい。

氷川は藤堂を観察したが、例によってまったく態度は変わらない。当事者でありながら、まるで他人事《ひとごと》のようだ。けれども、清和から制裁を受ける気であることは間違いない。死ね、と清和に言われたら死ぬ気だ。

桐嶋も気づいているのか、隠し持っていた短刀を手にした。

「眞鍋の、カズはカタギやから見逃したってぇな。俺の指で勘弁してや」

桐嶋は自分が藤堂の落とし前をつける気だ。即座に指を詰めそうな雰囲気がある。いや、さっさと指を詰めたいのかもしれない。

「桐嶋の、わかっているだろう」

清和は桐嶋ではなく藤堂に落とし前を求めている。

「悪いのはカズちゃうねん。シノギのあかん俺のためなんや。結果、眞鍋のメンツを潰《つぶ》してもうてホンマにすまん」

この通りや、と桐嶋は組長室の床に土下座で詫《わ》びた。氷川が駆け寄ろうとしたが、卓と宇治に止められてしまう。

「……出ろ」

清和は氷川に向かって鷹揚《おうよう》に顎《あご》をしゃくった。

「いやだ」

当然、氷川は首を振った。

「摘まみだせ」

殴りたくないから出ろ、と清和は言外に匂《にお》わせている。愛しい男が血も涙もない悪鬼に見えた。

それだけ、藤堂に対する憎悪が大きい。

「いやだ。藤堂さんは死ぬ気だ。桐嶋さんに指を詰めさせる気はないし、自分が助かる気もない。第一、藤堂さんと桐嶋さんは真実を語っていない。藤堂さんは誰かを庇っているーっ」

氷川は反論したが、卓と宇治に両脇《りょうわき》から腕を摑まれる。どんなに下肢に力を入れても、ズルズルと引《ひ》き摺《ず》られた。

それでも、氷川はありったけの力をこめる。

「……っ、藤堂さんはいったい誰を庇っているの？　本気で偽坊主ルートを復活させる気じゃなかったでしょう？　第一、本気で本物の坊主ルートを作る気だったら堂々と高野山に行っていないよ？」

氷川がヒステリックに言うと、リキに視線で承諾を得た卓がおもむろに口を開いた。

「姐さん、偽坊主ルートの奴らが白状しました。話を持ちかけたのは偽坊主ルートの売人たちで、真っ先にサイと呼ばれていた福清厳浄明院の院家の息子に声をかけたんです。けれど、サイは朱斎《しゅさい》という坊主になっていて、どんなに誘っても、断ったそうです」

名僧と名高い院家の息子は、父や祖父を超える名僧になると評判が高い。サイこと朱斎は立派に更生していたのだろう。

「……それで？」

「偽坊主ルートの奴らがサイを説得しようと躍起になっていた時、元ボスの藤堂から連絡が入ったそうです。藤堂は朱斎を脅して協力させるために高野山に行ったんです」

「……違う。絶対に違う。藤堂さんに坊主ルートを作る気はなかった。高野山に行ったのは違う理由だ」

「姐さん、それまでにしてください」

「……ちょ、ちょっと、離してっ」

奮闘虚《むな》しく、氷川は卓と宇治によって組長室から連れだされた。廊下ではショウと吾郎《ごろう》が立っている。

「……も、もう、僕のどこがクマやライオンより強いの。本当にクマやライオンより強かったら組長室から追いだされていないよ」

卓と宇治から手を離され、氷川はショウに詰め寄った。文句を言っても仕方がないが、口にしないと気がすまない。

「姐さん、ツルツル坊主にならないでください」

ショウはこれ以上ないというくらい真剣だった。

「……ショウくん？」

「ほら、藤堂が偽坊主ルートを計画していなかったら二代目や俺たちがツルツル坊主、計画していたら姐さんがツルツル坊主、って息巻いていたじゃないスか」

ショウは真顔で右手を上げ、両足をバタバタさせた。保育園に通う裕也となんら変わらない動作だ。

「うん。覚えている」

「あの賭《か》け、っていうか、あれは無効にしてください」

「無効にはしない。今でも有効だ」

氷川が意志の強い目で明言すると、ショウは物凄《ものすご》い勢いで反論した。

「無効っス」

「有効です」

「姐さん、ツルツルにする気っスか？」

「ツルツルになるのは清和くんやショウくんたちだよ」

ツイ、と氷川はショウのザンバラ髪を引っ張った。

「……へっ？　藤堂の奴は白状したっスよ？」

桐嶋組長だって詫びを入れている、とショウが組長室のドアを指した時、古参の幹部の大声が響いてきた。

「坊主、ここは坊主の来るところじゃねぇ。帰れ」

「この場に藤堂和真《かずま》さんがいるはずです。拙僧に会わせてください」

聞き覚えはないが、心が癒《い》やされるような声だ。藤堂と縁のある僧侶が訪ねてきたのだろうか。

「ここは眞鍋組総本部だ。藤堂和真なんて奴は知らねぇよ。帰りな」

「あれだけ藤堂組長を目の敵《かたき》にしていた眞鍋組が惚《とぼ》けても無駄です。橘高清和組長代行……今は二代目組長でいらっしゃいますね。二代目組長はどこですか？」

単なる僧侶ではない。藤堂のことも眞鍋組のことも知っている男だ。

氷川は声がするほうへひた走った。ショウや吾郎、卓や宇治といった若手構成員たちも追いかけてくる。

わかった。

ようやくわかった。

藤堂が誰を庇おうとしていたか、氷川ははっきりわかった。真実に気づいていないのは、清和を始めとする眞鍋組の男たちだ。

予想した通り、総本部の出入り口付近では若くて美しい僧侶がいる。屈強なヤクザたちに堂々と接していた。

「……お坊さん、お坊さんは福清厳浄明院の朱斎さんですね？」

氷川が荒い呼吸のまま尋ねると、どこか藤堂に似ている僧侶は大きく頷いた。

「いかにも。拙僧は福清厳浄明院の朱斎です」

「藤堂さんが庇っているのはあなたですね？」

藤堂が守ろうとしているのならば帰らせたほうがいいのかもしれない。氷川は戸惑ったが、朱斎は清冽《せいれつ》な目で肯定した。

「さようです。かつて拙僧は『サイ』と名乗った悪童でした。どうか『サイ』が来たと、お伝えくださいい。藤堂組長……いえ、藤堂さんに非はありません」

氷川は今回の裏が手に取るようにわかった。藤堂は最初から朱斎を守るためだけに動いていたのだ。

「藤堂さんは脅迫されていたあなたを守ろうとしたんですね」

氷川がズバリと指摘すると、朱斎は肯定しつつ、尋ねてきた。

「失礼ですが、あなたは？」

「氷川諒一《りょういち》、内科医です」

氷川が名乗ると、朱斎は顔をぱっ、と輝かせた。

「……あぁ、藤堂さんと桐嶋さんからお聞きしました。眞鍋組の姐さんですか」

「藤堂さんと桐嶋さんから僕のことを聞いたんですか。なら、話が早い。来てください」

氷川は朱斎を促し、決死の覚悟で組長室に走った。

ショウや宇治、卓や吾郎といった兵隊たちは意表を衝《つ》かれたらしく、普段のような俊敏さはない。

組長室の前に誰も立っていなかった。

「清和くん、話を聞いて」

氷川と朱斎は組長室に飛び込んだ。

愕然《がくぜん》とした。

「……え？」

清和の足下で桐嶋が失神している。

リキは抜き身の日本刀を構えている。

藤堂が鈍く光る拳銃《けんじゅう》を持ち、自分の頭部に突きつける。

カチリ。

「藤堂さん、やめてーっ」

氷川が叫ぶや否や、朱斎が藤堂に飛びかかる。

ガバッ、と押さえ込む。

秀麗な容貌《ようぼう》に反し、意外なくらい運動神経がいいようだ。

「罪はすべて拙僧にあります。罰するなら拙僧を罰してくださいーっ」

朱斎の絶叫に藤堂は端麗な顔を歪めた。余計なことはいっさい口にするな、と涼やかな目で咎めている。

一瞬、なんとも言いがたい沈黙が流れた。

もっとも、すぐに氷川が静寂を破った。

一刻も早く、誤解を解いてしまいたい。

「藤堂さん、僕、わかった。全部、わかった。今回のきっかけは眞鍋組に捕まった偽坊主ルートのメンバーだ。お金が欲しくて、お坊さんとして立派に更生した朱斎さんを脅したんだ。朱斎さんは困って、藤堂さんに助けを求めた」

それで藤堂さんが偽坊主ルートを復活させるふりをして、偽坊主ルートのメンバーを炙《あぶ》りだして、壊滅させようとしたんだ、と氷川は凜《りん》とした態度で明言した。自信があった。

それ以外に考えられない。

コクリ、と頷いたのは朱斎だ。

「そうです。拙僧は格式の高い寺に生まれ育ったものの、偉大すぎる父や祖父の重圧に負け、十七で家を飛びだしました。世間知らずの私は信じていた者に騙《だま》され、利用され、気づいた時には藤堂組長の偽坊主ルートで覚醒剤の密売に携わっていました」

高野山でも謂《いわ》れのある寺院に長男として誕生したら、どんなプレッシャーを受けるか、想像に難《かた》くない。十七歳で家を出た少年が坂を転がるように落ちていった日々も想像できる。氷川の瞼《まぶた》に金髪のサイと剃髪《ていはつ》した朱斎が重なった。

「よく立ち直りましたね」

一度、落ちたら這《は》い上《あ》がることは難しい。それは氷川でも知っていた。

「父が探し当てて迎えに来てくれました。藤堂組長の温情もあり、拙僧は悪い仲間と手を切ることができたのです」

朱斎は自嘲《じちょう》気味《ぎみ》に微笑んでから口を開いた。

「悪いことはできないものです。過去が追いかけてきました。かつての悪い仲間たち、偽坊主ルートのメンバーが現れたのです」

朱斎はどこか遠い目で、その日のことを語りだした。福清厳浄明院の本堂で説法をしている最中、観光客に紛れて偽坊主ルートのメンバーがいたという。

朱斎は何事もなかったかのように説法を終えた。しかし、偽坊主のメンバーが待ち構えていた。

『サイ、久しぶりだな。こんな辛気臭《しんきくせ》ぇことやっていないで、また俺たちと一緒に楽しくやろうぜ。いい儲《もう》け話《ばなし》があるんだ』

『お帰りください』

『おいおい、シャブの売人が俺たちにそんな口をきいていいのか？　俺たちの中で一番シャブを売りさばいたのはお前だぜ？』

過去をバラされたくなければ覚醒剤の密売に協力しろ、と偽坊主ルートのメンバーに求められた。

朱斎は確固たる意志で拒絶したが、執拗《しつよう》に偽坊主ルートのメンバーがやってきたのだ。とうとう思い余って、朱斎は藤堂に連絡を入れた。

『……そういうことか。サイ……いや、朱斎さん、俺に任せてほしい』

ある程度、予想していたのか、藤堂はまったく動じなかったという。朱斎を脅迫した元メンバーを知り、納得していた。

『藤堂組長……じゃない、藤堂さん、どうするのですか？』

『今、行方のわからない男もいるが、偽坊主ルートのメンバーをひとりでも取りこぼせば、いずれ、朱斎さんを脅迫する。偽坊主ルートのメンバーを全員、炙りだす』

『どのようにして？』

という。

『僧籍の方が気にする必要はない』

場合によっては俺が高野山に乗り込む、と藤堂は福清厳浄明院の一室をキープし続けた

そこまで語った朱斎は、涼やかな目を細めた。

「拙僧は藤堂さんがどのような手段を取るのか知らなかった。見当もつかなかった」

氷川は朱斎と藤堂を交互に眺めながら、あっけらかんと言った。

「藤堂さんは偽坊主ルートの復活で元メンバーに招集をかけたんだ。眞鍋組のシマで覚醒剤を売らせて、眞鍋組に捕まえさせて、眞鍋組に始末させた……始末させようとしたんだ。ウラジーミルの来日はただの偶然だ……ううん、ウラジーミルの来日も利用して、桐嶋さんを眠らせて高野山に出立したんだ。ウラジーミルに気を取られたら、誰も朱斎さんに注目しない。ちょうどタイミングが合ったのか。タイミングを合わせたのかな？」

氷川が一気に捲し立てると、朱斎は肯定するように大きく頷いた。藤堂はどこか寂しそうな微笑を浮かべる。

清和は不動明王像《ふどうみょうおう》と化していた。

ショウや宇治、吾郎は口をポカンと開けたまま石像と化している。

ああ、それで祐さんは長江組に狙《ねら》われているのに桐嶋組長を高野山に行かせたんだ、と卓は納得したように独り言を零した。

祐は今回の裏の何かに気づいていたのだろう。

桐嶋が高野山に上り、福清厳浄明院の門を潜《くぐ》れば、藤堂の真意に気づいたに違いない。度量が広く、情に厚い漢《おとこ》だから、藤堂並びに朱斎を守ろうとするに決まっている。

「これでわかったね。藤堂さんに偽坊主ルートを復活させる気はなかった。本物の坊主ルートを作り上げる気もなかった。ただただ朱斎さんを守るために動いただけだよ。藤堂さんは悪くない」

悪いのは偽坊主ルートを復活させようとして朱斎さんを脅した奴らだ、と氷川は覚醒させるように清和の頬《ほお》を叩《たた》いた。

「……っ」

氷川の白い手で、清和は正気に戻った。

「清和くん、藤堂さんを責めちゃ駄目だよ」

清和は逃げるように視線を逸《そ》らしたが、氷川はそのシャープな頬を左右の手で挟んだ。

「いいね。藤堂さんは清和くんのメンツを潰したわけじゃない。藤堂さんなりの仁義を通したんだ。丸く収めようね」

氷川が観音菩薩《かんのんぼさつ》のようににっこり微笑むと、異議を唱える者がひとりだけいた。ほかでもない朱斎だ。

「丸く収める必要はありません」

「朱斎さん、どうして?」

「すべては拙僧の不徳から発したこと。過去の罪を償います」

警察に出頭する気なのか、美麗な僧侶にはなんの曇りもない。明鏡止水《めいきょうしすい》の心境を見たような気がする。

「今さら過去の罪を清算してどうなりますか。偽坊主ルートの責任者だった藤堂さんまで逮捕されます」

極道を愛する前なら、過去の罪を清算するべきだと、朱斎を止めなかったかもしれない。極道を愛してから、確実に氷川の心は変わった。もちろん、それが悪いことだとは思っていない。

「藤堂さんのお名前は一言も口にしません」

朱斎が出頭すれば、警察はここぞとばかりに藤堂を逮捕するだろう。難癖をつけて、桐嶋まで連行されるかもしれない。

「朱斎さん、相変わらず、世間知らずなんですね。そんなのは無理です」

「拙僧はあなたにだけは世間知らずと言われたくないのですが」

藤堂と桐嶋からどんな話を聞いたのか不明だが、朱斎は心外だとばかりに手を振った。

冗談を言うような僧侶ではないから本気だろう。

「僕、朱斎さんよりも世間を知っている自信がある。とりあえず、朱斎さんが今さら出頭してもなんの意味もありません。信者さんを泣かせるだけだからやめてください」

「罪を抱えたまま、神仏に仕えるのが苦しい」

おそらく、朱斎は常に過去の罪に苛《さいな》まれていたのだ。ひょっとしたら、すべて公にしたいのかもしれない。

が、家族や信者の手前、踏みとどまっていたのだろう。

「恐ろしい覚醒剤に携わったのだからずっと苦しんでください。ずっとずっと悔やんでください。その罪滅ぼしとして、苦しんでいる人々を助けてあげてください」

福清厳浄明院の次期院家の噂《うわさ》は僕の耳にも届いています、と氷川は真っ直ぐな目で朱斎を見据えた。

「……拙僧は」

「悪い仲間に騙され、悪の道にはまったから、世俗の人の心を理解できるようになったのではないですか？　助けられるようになったのだと思いますよ？」

ポンポンポン、と氷川が朱斎の細い肩を叩くと、清澄《せいちょう》な目が一瞬にして潤んだ。ポロリ、と涙が溢《あふ》れる。

これ以上、朱斎が暴力団総本部に留《とど》まってはいけない。

「そういうことだから警察は駄目です。今後、もし朱斎さんの過去で何か言ってくる人がいたら僕にも連絡をください。僕が説得します」

氷川は朱斎の肩を抱くと、スタスタと組長室から出た。後から慌てたように、卓と宇治が追いかけてくる。

「……清和くん……じゃなくてリキくん、わかっているね。適切な対応をしてほしい」

後始末は藤堂とリキが冷静につけるだろう。失神した桐嶋と木偶《でくぼう》の坊と化していた清和は、なんの文句も言わないはずだ。きっと丸く収まる。藤堂が自身を盾にして庇った朱斎は無事だ。

氷川と朱斎は組長室から出て、天井の高い廊下を進む。

「朱斎さん、もっともっといいお坊さんになってください。朱斎さんならもっともっと素晴らしいお坊さんになれます。多くの人を助けてあげてください。世知辛《せちがら》い世の中、苦しんでいる人がいっぱいいるんです。経済的に恵まれても辛《つら》い人が多すぎる」

氷川は感情を込めてつらつらと言うと、朱斎は慈愛に満ちた微笑を浮かべた。

「そのお言葉、胸に刻んでおきます」

「僕もお願いがある」

「拙僧にできることがあれば」

「藤堂さんは出家させてほしい」

氷川が真顔で希望した時、組長室からショウや宇治、卓、吾郎といった若手構成員たちがぞろぞろと出てきた。揃《そろ》いも揃って精彩を欠いているが、誰も転倒したりせず、氷川の後を追ってくる。

「当分の間、藤堂さんに御仏の道は無理です。藤堂さん本人にそのつもりがなくても、御仏に仕える者を堕落させてしまう」

前代未聞の大騒動でした、と朱斎は呆れたように藤堂を巡る男たちの戦いに言及した。背後に大日如来《だいにちにょらい》が現れたような気がしないでもない。

「桐嶋さんから聞きましたが、高野山でも藤堂さんは罪作りな男だったんですね？」

「はい、我が父は藤堂さんに出入り禁止を言い渡しました」

「僕も清和くんも眞鍋組のみんなも出家したかったのに」

氷川が大きな溜《た》め息《いき》をつくと、朱斎は慈悲深い僧侶の顔で言った。

「……ああ、氷川先生や二代目組長、眞鍋の皆様ならばお引き受けできると思います。修《しゅ》羅《ら》の道を捨て、御仏の道に進まれるのでしたら、お大師様《だいし》はお導きになるでしょう」

ヤクザだからといって仏門は閉じられない。

氷川の前に蓮華《れんげ》が咲く明るい未来が見えた。高野山内の二大聖地のひとつと目される壇《だん》上《じょう》伽藍《がらん》も浮かぶ。

「本当？　眞鍋組を眞鍋寺にしてくれる？」

「御仏と向き合えば自《おの》ずと道が開けます」

よしっ、と氷川は左右の手を固く握った。

クルリ、と振り向くと、ショウや宇治、卓、吾郎といった若手構成員たちは即身仏と化していた。

即身仏になるにはまだまだ早いというのに。

「あの約束を忘れていないね。僕が言った通り、藤堂さんは悪くなかった。みんな、お坊さんになってね」

氷川が白皙《はくせき》の美貌を輝かせた途端、ショウが無間地獄《むげんじごく》の亡者の如き呻《うめ》き声《ごえ》を漏らした。

ダダダダダダッ、と駆けだす。

「ショウくん、どうして逃げるの？」

氷川が声を張り上げると、ショウの涙声が返った。

「……くっ……ツルツル地獄はいやっス」

「ツルツル地獄じゃない。出家するだけ」

「ツルツルピカピカ地獄っス」

眞鍋組随一の韋駄天《いだてん》は追いかけるだけ無駄だ。氷川は反対方向に走りだした宇治の背中を追った。

「宇治くん、どうして逃げるの。男らしく観念して出家しなさい」

「……お、俺はクリスチャンです」

「サメくんみたいな見え透いた嘘《うそ》をついても無駄だよっ」

羅蜜多心
深般若波
利子
受想行識
即是色
空相不
滅不垢不
鳴り

「実は今まで黙っていましたが、俺はヒンズー教です」

宇治の見え透いた嘘に、氷川は呆れ果てた。

近年のグローバル化は医療機関にも押し寄せている。入院患者の宗教的な理由による食事制限が取り沙汰《とざた》されるようになった。

「ヒンズー教徒だったら牛肉は食べられないんだ。宇治くん、ステーキとか、焼き肉とか、牛丼《ぎゅうどん》とか、食べているでしょうっ」

宇治のスーツの裾を摑んだ。

スッ、と宇治はスーツの上着を脱ぎ捨てて逃げる。

「姐さん、真言宗《しんごん》・眞鍋寺だけは勘弁してください」

「真言宗・眞鍋寺のほうが世間の人に喜んでもらえるよ。危ないことから手を引いて、平和な日々を送ろう」

宇治が逃げ、吾郎も逃げ、頭脳派幹部候補の卓にまで逃げられる。残っているのは、摩《ま》訶不思議《かふしぎ》の冠を被《かぶ》る信司《しんじ》だけだ。

「姐さん、そんなにお坊さんごっこがしたいんですね。任せてください。俺が責任をもって眞鍋寺を作ります」

今はこれをお釈迦《しゃか》様だと思って、と信司は虎《とら》の置物を氷川に差しだした。

受け取りたくないが、受け取らないと面倒かもしれない。氷川は信司から虎の置物を受け取った。

「どこに眞鍋寺を作ってくれるの？」

氷川は虎の置物を何げなく朱斎に渡す。

何も伝えなくても通じているのか、朱斎は無言で虎の置物をしげしげと眺めてから床に置いた。

「姐さんと二代目が住んでいる部屋をリフォームします」

リビングルームとベッドルームの弘法大師像だけで充分だ。いや、正直にいえば、プライベートフロアにあのサイズの仏像はいらない。

「信司くん、僕は本当の眞鍋寺にしたい」

「わかっています。俺に任せてください。こう見えて、俺は般若心経《はんにゃしんぎょう》が唱えられます」

「般若心経？」

「はい、聞いてください。俺の独唱」

何を思ったのか不明だが、信司はその場で両手を合わせ、般若心経を唱えだした。確かに、素人《しろうと》とは思えないぐらい上手《うま》い。

とても上手いけれど、どんよりと場が重くなる。気分まで重くなる。まるで、葬式に参列しているようだ。

「……うん、信司くん、もういいよ。信司くんにそんな特技があるとは知らなかった」

氷川は茫然《ぼうぜん》とした面持ちで立っている朱斎に視線を流した。見ているだけで心が洗われるような僧侶だ。本人の口から聞いても、覚醒剤売人という過去が信じられない。けれども、世間というものはそういうものなのかもしれない。

清らかな善人が道を踏み外して悪に堕《お》ちる。

その反面、悪の泥沼から這い上がる者もいる。

清和が手にするものが拳銃から数珠《じゅず》に変われればどんなにいいだろう。リキが握る日本刀が木魚になれれば最高だ。

「朱斎さん、僕は眞鍋組を眞鍋寺にしたいんです。よろしくお願いします。清和くんがお寺の責任者です」

ぎゅっ、と氷川は真剣な目で朱斎の手を握り締めた。

本気だ。これ以上、ないというくらい本気だった。

指定暴力団・眞鍋組の真言宗・眞鍋寺化プロジェクトの開始、と。ゴングではなく、寺社の鐘が鳴る。

「御仏のお心のままに」

「僕も出家しますが、医者として働きます」

「失礼ですが、出家と得度《とくど》の違いをご理解していますか？」

「出家は剃髪したお坊さんになることですね？　得度は剃髪しなくてもいいお坊さんです

よね？」

「――――簡潔に言い表せば、得度は一度死ぬことです」

理由は定かではないが、朱斎の言葉により、氷川は自身の生まれを思いだした。すでに一度、死んでいるようなものだ。

「一度、死ぬのですか。僕は生まれてすぐに死んでいてもおかしくありませんでした」

「生まれつきどこかお悪かったのですか？」

「僕は捨て子だったんです。生まれてすぐ、ぼたん雪の中、施設の前に捨てられました」

「ご苦労なさいましたね」

朱斎は同情したわけではない。氷川の今までの平坦《へいたん》ではなかった人生を認められたような気がした。だからこそ、本心が吐露できた。

「どうして僕は捨て子なのか、顔も名前も知らない実の親を恨んだこともありますが、恨んでも仕方がないんですね」

恨んでいないと言えば嘘になるかもしれないが、捨て子だったからこそ、氷川家に引き取られて幼い清和と巡り合ったのだ。命より大切な男ができた今、実の親に対する呪詛《じゅそ》は口から出ない。

「それも行です。先生が乗り越えなければならない行でしょう」

予想だにしていなかったことを言われ、氷川は長い睫毛《まつげ》に縁どられた瞳《ひとみ》を揺らした。周囲には蓮華の花が舞う。

「行ですか？」

「誤解している人が少なくないのですが、滝に打たれることや水を被ることが行ではありません。人生の辛苦を乗り越えることも行です」

「朱斎さん、いろいろと教えてください。これから力を貸してください」

氷川と朱斎は手を握り合ったまま、眞鍋組の眞鍋寺化について話し合った。虎の置物が飾られた眞鍋組総本部の一室で。

ＢＧＭは信司による般若心経だ。

前代未聞の異様な光景を廊下の隅から窺《うかが》う桐嶋組の組長と眞鍋組の組長がいた。ふたりとも地獄の閻魔《えんま》に痛めつけられているような様相だ。

「……あれ、たぶん、本気や。たぶんやのうて絶対に本気や。本気で姐さんは眞鍋を寺にする気やな」

桐嶋は慰めるように清和の逞《たくま》しい肩を抱いた。

「…………」

「坊主とヤクザの二足草鞋《にそくわらじ》は……どっかの親分さんが履いとったかな？」

「…………」

氷川と朱斎の話が進めば進むほど、清和から血の気が引いていった。桐嶋のエネルギーもダウンしている。

「なんでこないなことになったんや……って、カズが悪いんやで。なんも説明せずに坊主と寺の山に飛ぶからあかんのや。俺かて理由を聞いとったら、上手く誤魔化《ごまか》してやったんに……高野山で朱斎ちんに会って、話を聞いて、焼《や》き餅《もち》を噴きだしたわ」

桐嶋が恨みがましく文句をつらつらと零すと、壁に寄りかかっていた藤堂が苦笑混じりの笑みを浮かべた。

「まさか、姐さんがここまで俺の肩を持ってくれるとは思わなかった。とんだ伏兵……いや、それでこそ、核弾頭と呼ばれる姐さんか？」

藤堂にとって大きな誤算がふたつあった。ひとつめは自分を庇い続けた氷川の言動だ。もうひとつは朱斎が眞鍋組総本部に乗り込んできたこと。

当初、朱斎は脅迫してきた偽坊主ルートのメンバーに怯《おび》えていた。過去を暴露されることを恐れていたというのに。

いったいなんのために俺に救いを求めたのだ、と。

藤堂はサイという不良少年が朱斎という僧侶に成長したことを実感した。

「そや、それでこそ、どこにどう発射されるかわからへん姐さんなんや。カズ、お前はどう決着をつけるんや？」

「眞鍋の判断に委ねる」

先ほども言ったように俺の希望は朱斎の身の安全だ、と藤堂は抑揚のない声で続けた。小汚い薬屋として大きな利益を叩きだした頃の面影はない。

「真実がわかった今、眞鍋はなんの落とし前も求めない」

リキが眞鍋組としての立場を表明すると、桐嶋は満面の笑みを浮かべた。

「おおきに」

桐嶋は感謝を表すかのように、清和の肩を抱き直す。バンバンバンバンバン、と嬉《うれ》しそうに勢いよく叩いた。

「……桐嶋の」

清和は不夜城の覇者とは思えないような声で呼びかけた。

「なんや？　眞鍋の？」

「眞鍋としてはなんの落とし前も求めない……が、あれはなんとかしてくれ」

清和の視線の先には、朱斎の手をぎゅっと握り締めている氷川がいた。黒目がちの目は潤み、頬は紅潮している。眞鍋寺の話に我を忘れて、興奮しているのだろう。

「無理やろ」

桐嶋はあっさりと白旗を掲げた。

「なんとかしろ」

「無理や」

「藤堂が高野山に飛ばなければ坊主話は出なかった」

清和の鬼気迫る形相を、桐嶋は鼻で笑い飛ばした。

「そないなこと言うたかて……」

「桐嶋組も桐嶋寺になるのか？」

「……姐さんは俺ら、全員、ひっくるめてツルツル坊主を狙っとんのか……そないにツルツル坊主が好きやったんか……おみそれしました」

「感心するな」

リキや藤堂も口を挟もうとはしない。ただただ廊下の陰から、眞鍋組の二代目姐と高野山の次代を担う僧侶の話に耳を傾けた。

清和と桐嶋は言わずもがな、リキと藤堂から生気が失われていったことを氷川は知る由《よし》もない。

氷川は未《いま》だかつてない真剣さで、清和を始めとする眞鍋組の男たちの出家を計画した。安全で幸せな日々のために。

あとがき

講談社X文庫様では三十九度目ざます。真言宗《しんごん》の総本山で出家するか、真剣に悩んでいる樹生《きふ》かなめざます。ええ、ツルツル坊主ざますの。日々のシャンプーが無用になり、ドライヤーで乾かす手間も省けます。

いいえ、得度《とくど》だけならばツルツルのピカピカにする必要はないとか？　お寺に住み込む必要もないとか？　どんなに待っても結婚相手は現れないし、やはり、ここは一発、得度？　花嫁ではなく尼僧に？　氷川《ひかわ》も真言宗・眞鍋《まなべ》寺にする気満々ですからね。

新しい氷川と清和《せいわ》の物語が執筆できると思います。

御仏の道に進むことになんのしがらみもなければ躊躇《ためら》いもない……わけではございません。アタクシは若い頃から煩悩《ぼんのう》という大きな病を抱えています。

得度をしたら女性向けファンタジーを読むことも書くこともできなくなるのでしょうか？　女性向けファンタジーは煩悩小説？　罰当たりですか？

今回、ちょっとしたご縁から、得度している知人に、高野山《こうやさん》のお寺を紹介してもらったのですが、どの方もどの方も心の底から尊敬できる方たちばかりで……アタクシはペンネームやホモ小説云々を明かしていません。というより、口が裂けても明かせません。当然、知人にも明かしていません。それ故、アタクシにも得度を勧めてくれるのでしょうか？　もし、アタクシのペンネームや執筆内容がバレたら、お寺どころか高野山の出入禁止を食らうのでしょうか？　悲しい愛の物語だと自負していますが、清廉な方々からみれば、低俗でいて色物の男色小説ざますか？

　担当様、氷川と清和の物語は罪深い物語なのでしょうか……ではなく、ありがとうございました。深く感謝します。奈良千春《ならちはる》様、氷川と清和の罰当たりな物語……ではなく、仏罰が下りそうな話に素敵《すてき》な挿絵をありがとうございました。深く感謝します。読んでくださった方、高野山より清らかな愛をこめて……ではなく、ありがとうございました。再会できますように。

尼さんへの道が眩しい樹生かなめ

『龍《りゅう》の伽羅《きゃら》、Ｄｒ.《ドクター》の蓮華《れんげ》』、いかがでしたか？
樹生《きふ》かなめ先生、イラストの奈良千春《ならちはる》先生への、みなさまのお便りをお待ちしております。

樹生かなめ先生のファンレターのあて先
〒112-8001　東京都文京区音羽2-12-21　講談社　文芸第三出版部「樹生かなめ先生」係
奈良千春先生のファンレターのあて先
〒112-8001　東京都文京区音羽2-12-21　講談社　文芸第三出版部「奈良千春先生」係

N.D.C.913　239p　15cm

樹生かなめ（きふ・かなめ）

講談社X文庫

血液型は菱型。星座はオリオン座。
自分でもどうしてこんなに迷うのかわからない、方向音痴ざます。自分でもどうしてこんなに壊すのかわからない、機械音痴ざます。自分でもどうしてこんなに音感がないのかわからない、音痴ざます。自慢にもなりませんが、ほかにもいろいろとございます。でも、しぶとく生きています。
樹生かなめオフィシャルサイト・ROSE13
http://homepage3.nifty.com/kaname_kifu/

white heart

龍《りゅう》の伽羅《きゃら》、Dr.《ドクター》の蓮華《れんげ》

樹生《きふ》かなめ

●

2016年12月5日　第1刷発行

定価はカバーに表示してあります。

発行者——鈴木　哲
発行所——株式会社　講談社
東京都文京区音羽2-12-21　〒112-8001
電話　編集　03-5395-3507
販売　03-5395-5817
業務　03-5395-3615
本文印刷—豊国印刷株式会社
製本——株式会社国宝社
カバー印刷—半七写真印刷工業株式会社
本文データ制作—講談社デジタル製作
デザイン—山口　馨

ISBN978-4-06-286929-4